AF138661

Diesseits der Magie – 3
Verlorene Erinnerungen

Lieber Leser,

ich danke Dir, für das kaufen dieses Buches.
Ich freue mich, wenn es Dir gefällt.

Falls Du magst, gib mir gerne eine Rückmeldung.
Du erreichst mich unter meiner Email-Adresse oder
meiner Telefonnummer.

In meiner Bibliografie, auf meiner Website, findest Du
ein kostenloses E-Book "Auf der Suche nach Brutus".
Die Handlung knüpft an das Ende meiner
Diesseits der Magie-Reihe an. Downloade es gerne.

Ich wünsche Dir ganz viel Lesespaß.

Herzlichst Dein
   Stefan

   S. Hagel

Diesseits der Magie – 3
Verlorene Erinnerungen

Von Zwiespalt, Waldelfen
und magischen Portalen

Bibliografische Information der Deutschen Nationalbibliothek:
Die Deutsche Nationalbibliothek verzeichnet diese Publikation in der Deutschen Nationalbibliografie; detaillierte bibliografische Daten sind im Internet über **dnb.dnb.de** abrufbar.

Texte/Umschlag: ©Copyright by Stefan Hagedorn
Verlag: Stefan Hagedorn Moselstraße 16, 71679 Asperg hagedorn.
s89@gmail.com
www.Stefanhagedorn.com

Elfe: Pixabay Copyright: SilviaP_Design
Hintergrund: pixabay copyright: AlanFrijns
Hexe: pixabay, copyright: artvizual
Satz, Herstellung und Verlag:
BoD – Books on Demand, Norderstedt

ISBN: 978-3-7347-9010-2

Was bisher geschah:

»Ich heiße Ida und bin eine Hexe.«

Also fuhr ich zu meinem Lieblingsladen »Miris Zauberallerlei«. Dort gibt es alles was ein Hexenherz begehrt.

Ich bin und bleibe immer noch eine Mörderin. Papa ist und bleibt immer noch…

In meinem Ritualkreis erschien, nach dem ich die Beschwörungsformel aufgesagt hatte, ein Wesen.

»Ich heiße Perdurabo … Ich helfe dir dabei, mit deinem Vater zu sprechen, wenn du dafür sorgst, dass ich dauerhaft auf dieser Welt bleibe.«

»Er hat mich betrogen und belogen.«

»Es ist schwieriger, einen Dämon zu verbannen als ihn hierzubehalten.«

»Du Mistkerl hast mich nur ausgenutzt und jetzt schicke ich dich zurück in deine Welt.«

Dann reise ich durch das Tor… und verschließe den Durchgang. Tue ich das nicht, wird er zurückkommen.

Ich heiße Zwitschernder Sperling und ich bin ein Zaunreiter.

Ich begebe mich auf eine Reise zwischen den Welten, um eine

Freundin zu retten. Sie opferte sich, vor einigen Wochen, für ihre Freunde und Familie und ist nun eine Gestrandete.

Brutus war mein Krafttier, ein Eichhörnchen mit Drachenflügeln.

»*Seit einigen Monaten hält sich offensichtlich eine Hexe in den Anderswelten auf. Sie manipuliert die hier lebenden Geister und verhext sie.*«

Ihr Name ist Videns.

»*Wenn wir Videns in die materielle Welt holen können, schaffen wir das auch mit Ida.*«

Da wurde mir klar, dass Ida noch immer von diesem Dämon besessen war.

»*Ich werde dich aufhalten, du Monster. Ich beschwöre dich, lass Ida frei!*« *Videns beugte sich leicht vor, ihr Grinsen wurde so breit, dass es von einem Ohr zum anderen reichte.* »*Niemals!*«

Wir kriegen das nicht hin! Niemand kriegt das hin! Sie hatte es verdient zu sterben.

»*Es wird Zeit, dass du bezahlst, Zaunreiter.*«

»*Mach dich bereit. Ich werde euch zwei trennen und Ida zurückholen!*«

Ich nahm mit letzter magischer Kraft ihr Tagebuch aus ihrem Gewand und schleuderte es in Richtung des Portals. Videns riss die Augen auf, rief: »Nein!«, gab die Deckung auf, drehte sich und fing ihr Tagebuch gerade noch.

Ein letzter Stoß.

Sie flog durch das Portal.

Ich suchte nach Ida

Sie ist weg. Einfach weg.

»VERDAMMT«

1. Tag

Ich habe keine Ahnung wer, wo und wann ich bin. Es ist kalt und ich bin zu spärlich angezogen für diese kalte Jahreszeit. Ich kann durch die vielen Bäume nichts sehen, da es stark schneit. Ich weiß noch nicht einmal, woher ich dieses kleine leere Buch habe, nun schreibe ich alles hinein. Vielleicht hilft mir ja das schreiben, meine Erinnerungen wieder zu erlangen.

Ich befand mich also offensichtlich in einem Wald. Ein Ende war leider nirgends zu sehen, deshalb ging ich einfach in irgendeine Richtung. Doch es veränderte sich nichts, weiterhin überall Bäume, mit Wurzeln, die aus der Erde ragten. Ich musste teilweise über sie klettern oder springen. Manchmal duckte ich mich sogar unter tiefliegenden Ästen durch. Ich zitterte immer mehr und meine Zehen wurden langsam taub. Deshalb suchte ich hastig nach einer Art Unterschlupf. Diesen fand ich dann auch in Form einer kleinen Höhle. Obwohl ich nun Schutz vor dem Schneetreiben hatte, fror ich immer mehr. So suchte ich Holz, ich hatte Mühe es zu sammeln, da ich meine Finger kaum bewegen konnte. Dennoch krampfte ich mir Holz zusammen und trug es, steifgefroren, in meine Höhle.

Und nun? dachte ich. *Jetzt hast du immer noch kein Feuer, du dumme Gans.* Ich erschrak, dass ich sowas dachte. Dennoch brauchte ich Feuer, doch woher? Ich hatte nichts um ein Feuer anzuzünden, schon gar nicht bei dem nassen Holz. Also fügte ich mich meinem Schicksal und war bereit, für die sanfte Umarmung des Kältetods. Zumindest sollten meine letzten Gedanken schöne sein und so schloss ich die Augen und stellte mir vor, mein Holz würde brennen. Diese Gedanken wärmten mich zutiefst, selbst meine Zehen hatten wieder Gefühl. Sogar das imaginäre Knistern des Feuers konnte ich hören. Ich war zufrieden, so in den Tod gehen zu können. Nach einer Weile des stillen Ausharrens öffnete ich die Augen. Ich zuckte augenblicklich zurück, als ich die lodernden Flammen vor mir sah. Keine Ahnung wieso das Holz brannte, aber ein inneres Gefühl der Zufriedenheit durchflutete mich und ich schlief wohlig ein.

2. Tag

Es schneite nicht mehr. Dennoch war alles weiß bedeckt und wirkte magisch. Ich ging weiter, in der Hoffnung jemanden zu treffen oder Wasser zu finden, welches nicht vereist war. Ein kleines Eichhörnchen lief, mit einer Nuss im Maul, einen Baum hoch.

Elendes kleines Mistvieh

Ich erschrak bei dem Gedanken. Jetzt kam ein anderes Eichhörnchen, kletterte an mir hoch und setzte sich auf meine Schulter. Es war sehr niedlich. »Na, mein kleines, wie geht es dir?« Ich hob meine Hand um es zu streicheln, da schlug ich es, mit Gewalt, von mir runter. Ich hielt meine zitternde Hand fest.

Warum tat ich das?

Das Tier gefiel mir doch. Wahrscheinlich nur irgend so eine Nebenwirkung des ganzen Stresses.

Da wurde mir wieder bewusst, dass ich nicht mal mehr wusste wie ich heiße oder wie ich hierhergekommen bin. Nach einiger Zeit kam ich zu einem zugefrorenen See.

Eine Erinnerung – Ich sah mich über meinem Körper schweben, aber es war warm und ich war nicht allein–

Wieder im Hier und Jetzt, ging ich näher zum See. Was hatte diese Erinnerung zu bedeuten? Ich fand keine eisfreie Stelle, also suchte ich nach etwas Hartem und fand einen schweren Stein. Er war so schwer, dass ich ihn gebeugt tragen musste, der viele Schnee sorgte zusätzlich dafür, dass ich nur sehr langsam vorankam.

Ich ging tief in die Knie und warf den Stein mit aller Kraft auf das Eis. Es brach. Nun brauchte ich nur noch ein Gefäß. Ich drehte meinen Kopf in alle Richtungen, lief umher und sah eine kleine Nussschale. Nicht wirklich groß, aber das

Einzigste, was ich hatte. Also schöpfte ich mit der Nussschale Wasser und trank. Ich trank so gefühlte tausend Mal. Nicht ganz vom Durst befreit und mit eisiger Kehle ging ich weiter.

Ich wurde immer langsamer, meine Kräfte verließen mich immer mehr. Dann kam ich zu einer kleinen Lichtung und fiel zu Boden. Nach einiger Zeit, die Sonne war bereits am Untergehen, sammelte ich mir erneut Holz zusammen und türmte es auf. Wie gestern stellte ich mir, mit geschlossenen Augen, vor, dass das Holz brennt. Es funktionierte. Scheinbar besaß ich Zauberkräfte, zumindest solche, die Holz anzünden. Ich schöpfte Schnee mit meiner Nussschale und legte sie nahe der Flammen, damit ich das so entstandene Wasser trinken konnte. Ich sah nach oben und flehte, im Stillen, die Götter an, es heute weder schneien noch regnen zu lassen.

3. Tag

Ich hatte keine Ahnung, wie weit ich schon gelaufen war oder wie weit ich noch laufen musste. Ich wusste nur, dass ich nicht mehr konnte und ließ mich einfach in den Schnee fallen. Meine ganze Welt, auch wenn sie nur aus Schnee, einer Nussschale und gelegentlichen Eichhörnchen bestand, drehte und verquirlte sich.

Ich sah Dinge, von deren Existenz ich nur träumen konnte. Ja, wahrscheinlich träumte ich. Ich träumte von lebenssaugenden Dämonen, weltenspringenden Schamanen und magiewirkenden Hexen. Selbst mein inzwischen bester Freund, der Hunger spielte mir einen Streich und ich sah mich an einem reichgedeckten Tisch, die feinsten Sachen essen.

Mein Kopf klärte sich, ich stand wackelig auf und torkelnd schlurfte ich weiter. Dann sah ich einen Spatz und irgendetwas in mir wollte ihn töten. Also hob ich meine zitternden Hände und brach ihm, aus etwa zehn Metern Entfernung, das Genick. Entsetzt, aber hungrig, rupfte ich dem Kadaver alle Federn aus und spießte ihn auf einen Stock. Ich grillte ihn auf einem Feuer, welches ich wie schon zuvor entfachte. Endlich etwas im Bauch, führte ich meinen Weg fort.

Es fing erneut an zu schneien, ich sah nicht weiter, als bis zu meiner eisigen Nase. Diesmal fand ich keine Höhle, also lehnte ich mich nur an einen Baum, in der Hoffnung nicht zu sterben. Der Baum fühlte sich warm an, ich spürte eine Ruhe in mir und das Schneetreiben geriet völlig in den Hintergrund. Es war, als wäre ich der Baum und kein Schlechtwetter könnte mich entwurzeln. Es war ein schönes und irgendwie auch seltsam vertrautes Gefühl. Als es dunkel wurde hörte das Schneien auf. Ich befreite mich von dem Meter weißer Kälte, der mich bedeckte und ich suchte nach einem Unterschlupf.

Ich fand zwei Bäume, welche nahe bei einander standen und deren Äste überlappend eine Art Dach bildeten. Dort ließ ich mich nieder, um zu schlafen.

4. Tag

Ich erschrak, als ich ein Rascheln im Gebüsch hörte. Dann kam ein kleines geflügeltes Mädchen auf mich zu geflattert. »Hallo, ich bin Elfi und wer bist du?«

Trotz meiner anfänglichen Angst kam ich näher an dieses handgroße Wesen heran,

»Hallo, ich weiß nicht wie ich heiße. Was bist du denn für ein Wesen?«

Sie flog erst hoch und runter und dann hin und her. »Ich bin eine Waldelfe. Du Arme, weißt nicht wer du bist. Weißt du wenigstens wo du herkommst?«

Traurig antwortete ich: »Leider auch nicht, ich habe gar keine Erinnerung.«

»Seit wann hast du keine Erinnerungen?« Ich zuckte die Schultern. »Keine Ahnung, seit ein paar Tagen.«

Sie rieb sich ihr zierliches Kinn. »Bist du durch den Schleier gekommen?«

»Welcher Schleier?«

»Na der Schleier zwischen den Welten. Den kennst du doch.«

Ich schüttelte nur den Kopf. »Tut mir leid.« Sie winkte ab. »Ist doch nicht schlimm. Dieser Schleier ist nur einmal im Jahr so hauchdünn, dass Geister auf diese Welt kommen können. Du bist doch kein Geist oder?«

Ich lächelte, weil ihre Frage so süß war.

»Nein, ich bin kein Geist.«

Sie atmete erleichtert aus. »Da bin ich beruhigt.« Sie musterte mich eingehender. »Darf ich dir wärmere Kleidung schenken und eine Zauberschale, weil du so nett bist?«

»Ja gerne, das ist aber lieb von dir.«

Sie schnipste mit dem Finger und ich trug eine dicke

Schneehose, feste Stiefel, einen Pulli und eine warme Winterjacke. Sie reichte mir eine tellergroße Schale. »Meine Mütter sagen immer, sei lieb zu netten Menschen und hilf denen die in Not sind. Beides trifft auf dich zu. Weißt du, ich habe einen Riecher für nette Menschen. Diese Schale füllt sich immer mit sauberem klarem Trinkwasser, wenn du durstig bist.«

»Wow, vielen Dank dir. Da freue ich mich sehr.«

»Keine Ursache.« Sie flatterte fort.

Erfreut über diese Begegnung ging ich weiter. Ich wusste gar nicht, dass es Elfen gibt, aber eigentlich wusste ich ja eh gar nichts.

5. Tag

Da ich nun nicht mehr dürsten musste und ich kaum noch fror, kam ich besser voran. Nun kam ich an einen sehr tiefen Abgrund, der zu breit war, um ihn zu überspringen. Also ging ich diesen Erdriss entlang, um irgendeinen Weg darüber zu finden.

Ich fand eine Hängebrücke, über den Abgrund führend. Sie war sehr schmal, bestand nur aus ein paar Seilen, sodass ich meine Füße hintereinanderstellen musste, um sie zu überqueren. Sie wackelte stark, als ich auf ihr balancierte, auch das Festhalten an dem ebenso aus Seilen gefertigten Geländer brachte mir keine Sicherheit. Auf halber Strecke hörte ich ein Reißen hinter mir. Als ich meinen Kopf drehte, sah ich die Seile langsam bersten. Ohne nachzudenken hangelte ich mich schneller voran, um möglichst bald die Brücke hinter mir zu lassen. Nur noch einen Meter vom Ende entfernt, riss die Brücke komplett auseinander und ich fiel in die Tiefe.

Der Aufschlag war nicht so hart, wie befürchtet. Natürlich hatte ich Schmerzen und ich merkte, dass mehrere Knochen gebrochen waren, aber ich lebte noch.

Grad so.

Hier unten war es dunkel und ich konnte nur mit Mühe Schemen erkennen. Ich versuchte aufzustehen, doch ich brach immer wieder zusammen. Also kroch ich einfach in eine Richtung. Mein ganzer Körper brannte vor Pein und ich schien schon wieder zu träumen.

Diesmal von einem alles verzehrenden Schmerz, ich gab mich ihm hin und fühlte gar nichts mehr, außer diesem Schmerz.

Erwacht aus meinem Tagtraum, sah ich mehrere Lichter

auf mich zu schweben. Sie umgaben mich und trugen mich aus dem Abgrund nach oben, wieder in den Wald zurück.

Ich fühlte mich wie betäubt, dennoch sah ich verschwommen, wie diese Lichter um mich schwirrten.

Nach einer gefühlten Ewigkeit klärte sich mein Blick und ich sah Elfi, mit anderen ihrer Art. Ich hörte ihre piepsige Stimme.

»Seht ihr. Sie ist kein Geist und kam auch nicht durch den Schleier. Sie ist ein Mensch, von dieser Welt.«

»Zumindest scheint es so.« Diese recht hohe Männerstimme gehörte einem kleinen Mann, der ebenfalls Flügel hatte. Sein Bart war etwa zehnmal länger als er groß war. Er flog vor mein Gesicht, sah mir in die Augen und verzog sein Gesicht zu einer ungläubigen Miene. »Bist du ein Geist?«

Ich antwortete so freundlich wie ich konnte:

»Nein. Ich habe keine Erinnerungen mehr, aber ich weiß, dass ich ein Mensch bin.«

»Ich bin Gandolar, der oberste Waldelfer.«

»Elfer? Ah. Du bist eine Elfe.«

Er zeigte auf seinen Bart. »Siehst du das? Haben Elfen Bärte? Ich bin eine männliche Elfe. Ein Elfer.«

»Entschuldigung, ich wusste nicht, dass ihr da noch ein ER dran hängt. Ich wusste bisher nicht einmal, dass es mystische Wesen wie euch überhaupt gibt.«

Ein Raunen zog sich durch die Elfenmenge. Gandolar sah mich böse an. »Myst ..., wir sind keine mystischen Wesen. Wir sind genauso unmystisch wie Feen, Einhörner, Kobolde oder Menschen.«

Das waren merkwürdige kleine Wesen.

»Auch dafür entschuldige ich mich, ich wollte euch nicht beleidigen. Vielen Dank, dass ihr mich gerettet habt. Ich würde mich gerne irgendwie revanchieren.«

»Ist schon in Ordnung, du könntest uns von der bösen

Hexe befreien.« Erst jetzt bemerkte ich, dass mein Körper komplett geheilt war und ich mich wohl fühlte.

Ich setzte mich in den Schneidersitz. »Was für eine böse Hexe? Ich habe leider keine Ahnung von Hexen.«

»Macht nichts, eine Prophezeiung unserer Vorfahren besagt, dass in diesem Jahr zu Samhain, wenn der Schleier zwischen den Welten an dünnsten ist, eine böse Hexe aus der immateriellen Welt zu uns kommen wird und uns schaden will. Sie besagt aber auch, dass etwa zur selben Zeit eine gute Frau zu uns käme und uns vor der Hexe bewahren würde. Samhain war vor ein paar Tagen und wir glauben du könntest diese gute Frau sein.«

Interessant, davon hatte ich noch nie gehört. Ich konnte mir auch nicht vorstellen, dass ich eine Hexe besiegen könnte. Wie sollte ich das anstellen? »Und wie soll ich diese Hexe besiegen und wie heißt die überhaupt?«

»Ihren Namen kennen wir nicht, wir wissen nur das, was wir dir gerade erzählt haben. Bitte, gute Frau, du musst uns helfen.«

Ich wusste nicht mal, ob ich überhaupt eine gute Frau war. Alles in mir sträubte sich dagegen.

Lass diese Winzlinge alleine ihrem Schicksal entgegen gehen.

Nein. »Ihr habt mir geholfen, also helfe ich euch auch.« Auch wenn ich noch nicht weiß wie.

Die Elfen jubelten.

Dann feierten sie ein Fest und brachten mir leckere Sachen. Viel Obst, eine knusprig gebratene Ente und selbstgepresste Säfte.

Endlich konnte ich mich satt essen.

Ich fragte Gandolar: »Kommt diese Hexe einfach zu euch oder muss ich sie suchen gehen?«

Er futterte sich gerade gemütlich durch einen Apfel. »Elfi bringt dich morgen zu einem magischen See. Laut der Legende, wird dort der Kampf stattfinden.«

Besonders erpicht war ich nicht darauf, aber ich hatte es versprochen und würde es versuchen.

6. Tag

Sehr früh brachte mich Elfi zu diesem See und ließ mich dann schnell allein, ich vermutete, sie hatte Angst.

Ich lief um den gefrorenen See herum, aber ich sah niemanden und nichts passierte.

Ich sah auf die spiegelglatte Eisoberfläche, doch sah ich statt meines Spiegelbildes eine Kapuzengestalt. Ich konnte ihre orangenen Augen durch das Eis erkennen. Ich zuckte zurück, als diese Gestalt aus dem Eis auftauchte, als wäre es normales Wasser. Sie kam näher, ich wich zurück. Eine verzerrte Frauenstimme sprach unheimlich aus der Kapuze, dass es mir eisig über den Rücken lief. »Iidaa!«

»Wer? Ist das dein Name? Ich bitte dich, lass die Waldelfen in Ruhe.«

Die Gestalt flog auf mich zu. Ich hob die Arme schützend vor mich, doch das half nichts. Ich gefror innerlich, als diese Gestalt in mich eindrang. Ich bekam Bilder in meinen Kopf.

Bilder von einem Mann mit Flügeln. Einem Dracheneichhörnchen. Sie griffen mich an, wollten mich umbringen. Mein Kopf drehte sich, ich sah, wie ich ein Götterpaar niederrang, mit dunkler Magie. Ich fühlte Energie in mich fließen, wie Gülle durch ein Rohr und genoss es. Es war so widerlich. Ich erbrach das Essen von letzter Nacht. Dann kugelte ich mich auf dem Boden. Ich schrie:

»Raus, raus aus mir. Verschwinde!!!«

Ich spürte wie mein Körper krampfte, ich hatte keine Kontrolle. Ich erbrach erneut, aber diesmal ein Wesen welches annähernd menschlich wirkte, mit verzerrtem Gesicht. Ich hielt meine Hände vor mir, ich spürte Energie und stieß dieses abartige Wesen in den See zurück. Es kreischte ohrenbetäubend und die Eisoberfläche zersprang in unendlich viele Stücke.

Ich schauderte und wand mich, betastete mich. »Was war das? Wer ist diese Ida?«

Elfi kam schnell angeflogen. »Hast du gesiegt?«

Verwirrt antwortete ich: »Ich weiß es nicht.«

7. Tag

Ich bin immer noch dabei, die gestrigen Ereignisse zu verarbeiten. Was war das für ein Wesen? Diese Hexe? Eigentlich wollte ich es gar nicht wissen. Ich hatte eine riesige Angst, sowas nochmal zu machen.

Ich, ach weiß auch nicht.

Gandolar kam zu mir. »Fühlst du dich bereit es nochmal zu versuchen?«

Ich war entsetzt. »Nochmal versuchen? Nochmal versuchen? Ich versuche gar nichts mehr, ich habe getan was ich konnte. Mehr könnt ihr von mir nicht verlangen. Ich weiß ja nicht mal richtig was passiert war und irgendwelche Zauberkräfte habe ich ja auch nicht.« *Außer Feuer machen.*

»Du kannst uns jetzt nicht im Stich lassen. Durch dieses Ereignis zu Samhain, kamen so viele Geister in unsere Welt und wir wären froh, wenn wenigstens diese böse Hexe uns in Ruhe lassen würde.«

Mein Herz wurde schwer. »Ich kann euch nicht helfen. Ich kann ja kaum mir selber helfen. Ich muss weiterziehen und herausfinden wer ich bin und erst dann kann ich vielleicht zurückkommen und euch helfen.«

»Wie du meinst.« Er drehte sich um und alle Waldelfen verschwanden.

Ich war wieder allein. Immerhin hatte ich noch meine warmen Sachen an.

Ich schlief sehr unruhig in der Nacht. Ich träumte von fast unbegrenzter Macht, die ich mir von meiner Umgebung stahl und dadurch verwelkten und verfaulten viele Pflanzen.

Ich fühlte mich, als hätte ich die ganze Nacht durchgezecht.

Dieses Ereignis am See steckte mir immer noch tief in den Knochen, denn ich sah mich nach jedem Schritt mehrmals um. Jedes Geräusch ließ mich ängstlich zusammenzucken. Mein ganzer Körper war so angespannt, dass ich nach wenigen Sekunden Muskelkater hatte und mich ausruhen musste. »Das kann so nicht weiter gehen.«, beschloss ich laut.

Ich setzte mich an einen Baum gelehnt hin, schloss die Augen und hörte auf die Geräusche des Waldes. Da war Vogelgezwitscher, Äste knackten, Grillen zirpten. Dann konzentrierte ich mich auf den Geruch, auf die Luft. Sie war feucht, kalt, es roch dezent nach Wald. Schließlich war ja Winter. Ich ließ mich von dieser Atmosphäre durchströmen. Es beruhigte mich, ja entspannte mich sogar etwas.

Nach einiger Zeit ging ich weiter, diesmal schneller und lockerer. Fast schon beschwingt hüpfte ich durch den eisigen Wald, als mich eine Erinnerung alle Kraft verlieren ließ und ich umfiel. – Ich fiel. Ich stürzte aus großer Höhe, ich schrie vor Panik –

Mir war so kalt wie nie zuvor. Ich zitterte unkontrolliert. Verlor erneut die Kontrolle und ich schrie: »Zaunreiter! Zaunreiter!« Als ich mich wieder beruhigte, konnte ich die Tränen nicht zurückhalten.

Ich weinte einfach. Es musste raus.

Wer war dieser Zaunreiter? Woher kannte ich diesen Namen?

Warum hatte ich so große Angst vor ihm? Wollte er mich töten?

Was hatte ich getan?

Ich musste vorsichtig sein. Wenn mich einer töten wollte und ich deshalb hier gelandet war, befand ich mich immer noch in Gefahr. So kehrte die Anspannung zurück und ich lief vorsichtiger, geduckt, mit weit aufgerissenen Augen und Nerven die gespannt waren wie die sprichwörtlichen Drahtseile.

8. Tag

Ich lief die Nacht durch, konnte nicht schlafen. Ich war auch gar nicht müde, duldete die Müdigkeit nicht. Duldete die Ruhe nicht. Wie ein gehetztes Tier eilte ich, mich immer wieder achtsam umdrehend, durch den Wald. Doch meine Aufmerksamkeit ließ nach und ich hatte nur noch einen Tunnelblick und nahm nichts mehr um mich herum wahr.

Vorwärts, vorwärts, schnell weg hier. Diese Gedanken peitschten mich immer weiter.

9. Tag

Dieser elende Wald nahm kein Ende. Vielleicht lief ich auch die ganze Zeit im Kreis, ohne es zu merken. Wie auch immer, nach einiger Zeit, vielleicht Stunden, vielleicht auch nur Minuten, kam ich an ein Häuschen. Es wunderte mich nicht, dass einfach so ein kleines Häuschen mitten im Wald stand, denn ich war einfach nur froh die Möglichkeit zu haben, irgendwen zu treffen. Ich ging also zur Tür und gerade als ich klopfen wollte, schoss mir eine Erinnerung durch den Kopf. –Ich stand an einer kleinen Hütte, klopfte und eine bekannte Stimme rief: »Herein.« Ich erkannte diese Stimme, es war die des Zaunreiters –

Ein kalter Schauer durchflutete mich und ich zitterte. Wie erstarrt sprach ich leise vor mich hin: »Er ist nicht da drin. Er ist nicht da drin. Er ist nicht da drin.« Ich hob vorsichtig die Hand zum Klopfen und rannte panisch weg.

Möglichst schnell und möglichst weit weg.

Als ich erschöpft zusammenbrach, beschloss ich, dass es so nicht weiter gehen darf. *Die Wahrheit wird weh tun.* Dennoch wagte ich den Versuch und schloss die Augen. Ich atmete tief ein und aus.

Ein und aus. Dachte an den Zaunreiter, an seine Kapuze, an seine Stimme und meinen Fall. Erneut überfielen mich dieses ängstliche Zittern und der Fluchtinstinkt, doch ich riss mich zusammen. Dann sah ich ihn.

– Zaunreiter. Wie wutentbrannt er mich ansah. Ich sah wie ich zwischen seine Beine geklemmt immer höher trieb. Er war getragen von seinen Flügeln. Ich befal ihn mich runter zu lassen, doch er hörte nicht zu –

Ich durfte der Angst nicht nachgeben, immerhin habe ich schon mit Zauberei Feuer gemacht und einen Vogel getötet.

Ich ging zurück zu dem Häuschen, doch diesmal klopfte ich an.

»Herein!«, ich atmete erleichtert aus, als ich diese Frauenstimme hörte.

Ein knisterndes Feuer, welches im Kamin brannte, wärmte mich. Ansonsten war alles sehr geräumig und eine ältere Frau kam langsam auf mich zu gehumpelt. »Na mein Kind, hast du dich verlaufen?«

»Gute Frau, in der Tat, ich weiß nicht wo ich bin.« Ich beschloss vorsichtig zu sein und ihr nicht gleich alles zu verraten.

»Wie heißt du mein Kind? Möchtest du einen Teller Suppe?«

Ich nannte den ersten Namen der mir gerade einfiel *Videns*

»Videns. Ja gerne, ein Teller.«

»Videns?«

»Äh. Ja, genau.«

»Videns also. Vorsicht heiß. Ich heiße Baba.

Was führt dich hier in den Wald?«

Ich aß einige heiße Bissen um zu verschleiern, dass ich über die Antwort nachdachte. »Ich war einfach nur spazieren und bin so weit gelaufen, dass ich hier gelandet bin. Könnten Sie mir vielleicht sagen wie ich wieder in die nächste Stadt komme?«

»Da musst du aber lange unterwegs gewesen sein. Es dauert schon einige Tage bis zur nächsten Stadt. Du darfst gerne hier schlafen und dann weiterreisen, wenn du ausgeruht bist.«

Ihre Art machte mich sehr misstrauisch. Baba wirkte unheimlich, wie eine Hexe aus dem Märchen. »Das ist lieb, aber ich denke, dass ich gleich weiterziehen werde. Dennoch vielen Dank.«

Sie stand auf und erhob ihre nun eisige Stimme. »Ich bestehe aber darauf.« Dann hob sie ihre Hand und alle Fenster sowie die Tür verriegelten sich. Schon wieder kroch Angst in mir hoch. Ich stand langsam auf und ging rückwärts zur

Tür. Sie faucht mich an. »Du kommst hier nicht weg. Videns. Ich weiß alles.«

Mein ganzer Körper spannte sich an und ich drückte mich gegen die Tür. »Ist das so. Alles?«

»Oh ja Videns, ich habe alles gehört, von den Geistern der Vergangenheit. Hier wirst du nicht weit kommen. Ich werde dich jetzt aufhalten, da es Zwitschernder Sperling wohl nicht konnte.«

Zwitschernder Sperling, war er dieser Zaunreiter? Gehörte sie zu ihm oder fand sie einfach nur, dass er mich zu recht hatte töten wollen? Egal, das war jetzt nicht wichtig. Ich hob abwehrend meine Hände.

Zu meinem Erstaunen wich sie zur Seite aus.

»Du besiegst mich nicht, Videns.« Eine Welle der Energie drückte mich gegen die Tür, so stark, dass ich keine Luft mehr bekam. »Stirb jetzt!« Die letzten Tage zogen wieder an mir vorbei. Die Elfen, diese Kapuzengestalt, das Eichhörnchen, der Spatz, das durch Zauberei entflammte Feuer.

Ich konnte wieder atmen und als ich genauer hinsah, bemerkte ich, dass Baba lichterloh brannte. Nach einigen Minuten war von ihr nur ein Häufchen Asche übrig.

Diese ganze Szene war so surreal, dass ich gar nicht verstand, was hier überhaupt passiert war. Meine Gedanken fuhren Achterbahn. *Die Alte hatte das verdient.* »Nein, hatte sie nicht. Warum denke ich sowas?«.

Nun stand ich allein in diesem Häuschen und hatte noch mehr Fragen als zuvor.

10. Tag

Ich übernachtete in diesem Häuschen, auch wenn ich mich nicht traute, mich in das Bett zu legen. Am nächsten Morgen aß ich noch etwas von der übrigen Suppe und schaute mich um. Eigentlich gab es hier nichts Besonderes. Alles war irgendwie aus Holz und im Grunde ganz schlicht. Aber der über der Eingangstür aufgehangene Besen faszinierte mich irgendwie. Keine Ahnung warum, aber ich musste ihn einfach runternehmen und in der Hand halten. Er fühlte sich seltsam an, irgendwie schwer und leicht zugleich, aber es wirkte doch vertraut. Weiter umschauend sah ich einige Bücher. Wahllos zog ich mir eins heraus. «Necronomicon» stand darauf. Es war in einer mir nichtlesbaren Sprache geschrieben, also nahm ich ein zweites. Beim Durchblättern bemerkte ich, dass es sich um Zaubersprüche handelte. So las ich einen Spruch laut vor.

Der Besen fing an waagerecht, etwa einen halben Meter über dem Boden zu schweben. *Setz dich drauf, du dumme Kuh.*

Als ich das tun wollte, fiel der Besen zu Boden.

Diese Ganze Situation war ziemlich seltsam, aber ich wollte es unbedingt nochmal versuchen.

So schnell wollte ich nicht aufgeben und brachte den Besen immer wieder zum Schweben und versuchte mich jedes Mal darauf zu setzen.

Bis es mir tatsächlich gelang.

11. Tag

Ich muss die ganze Nacht durch geübt haben, da ich merkte, wie die Sonne aufging.

Versuch zu fliegen! Ich ging nach draußen, es war nach wie vor bitter kalt. Dann ließ ich wieder den Besen schweben, setzte mich darauf und versuchte irgendwie zu fliegen, indem ich hochsprang. Doch ich landete immer wieder auf meinen Füßen. Nach einem halben Tag des Herumhüpfens, hielt ich den Besen fester, schloss die Augen und stellte mir vor zu fliegen. Ich spürte den Luftstrom, meine frei hängenden Beine und den in mein Gesicht peitschenden Wind. Ich öffnete die Augen und fiel in eine schneebedeckte Baumkrone.

Wieder am Boden humpelte ich zurück zur Hütte. Es war nicht weit, aber beschwerlich. Ich machte ein Feuer im Kamin und schonte mein geschwollenes Bein.

Es hatte also tatsächlich geklappt.

Ich musste nur noch üben richtig zu fliegen. Dann könnte ich sogar besser vor diesem Zaunreiter fliehen, falls ich ihn treffen sollte. Aber nun brauchte ich erstmal Ruhe.

20. Tag

Einige Tage vergingen, in denen ich mich schonen musste. In dieser Zeit hatte ich die Tür ständig verriegelt und die Fenster nur leicht geöffnet, wenn die Luft stickig wurde. Ich aß und trank sehr wenig. Ich las sehr viel in den Büchern und lernte so sehr viel Theorie über allerhand Zauberei. Sogar über seltene Kräuter konnte ich was finden. Sie heißen Märchenblütler, das sind besondere Heilpflanzen, wie zum Beispiel Wittchenfarn, Wolfskresse, Froschwurz, Rumpelkraut sowie Schneeweißkohl und Rosenkraut.

Ich hatte wirklich eine riesige Auswahl an Lesestoff.

In einem anderen Buch las ich sogar etwas über eine Legende. Ein mystisches Schiff, welches einst Gerald Gardner gehört haben soll. Es würde die Welt vor dem Chaos bewahren, indem es auf den Ozeanen zwischen den Welten fahren soll und dafür sorgt, dass alle Geistwesen in ihrer Welt bleiben. Eine schöne Märchengeschichte.

Nachdem ich nun wieder laufen konnte, schnappte ich mir erneut den Besen. Diesmal klappte alles sehr viel leichter als bei meinen letzten Versuchen.

Fast schon spielend leicht hob ich ab und flog einige Runden.

Morgen werde ich versuchen, eine weitere Strecke zu fliegen, um so aus diesem Wald rauszukommen.

21. Tag

Geschrieben, getan. Ich flog sehr hoch und schnell. Es war ein unbeschreibliches Gefühl. Ich war frei, es gab keine Bäume, die meine Sicht oder Bewegung einschränkten. Es war schön und kalt, aber ich war das frieren ja mittlerweile gewohnt.

Dieser Besen trug mich sehr schnell recht weit. Erst jetzt realisierte ich wie groß dieser Wald war, denn ich flog Stunden darüber, ohne an das Ende zu kommen.

Doch auch das schaffte ich. Da mir ein wenig schwindlig wurde und die Kraft ausging, landete ich am Waldrand. Ich fand mich auf einer Wiese wieder, sie war so groß, dass ich bis zum Horizont nichts anderes sehen konnte als schneebedecktes Gras. Da ich schwer atmete und sich für mich alles drehte, setzte ich mich, angelehnt an einen Baum und schlief ein.

22. Tag

Ich wurde durch das Zittern meines eigenen Körpers geweckt. Mir war so kalt wie nie zuvor, Schnee und Eis peitschten ohrenbetäubend durch die Luft. Ich konnte meine Augen nicht öffnen, da ich sofort Eiswasser in den Augen hätte.

Dieser Eissturm riss meine Haut auf, so dass ich meine Hände schützend hob. Warum geschah sowas ausgerechnet mir? War es dieser Zaunreiter, der diese Naturgewalt schickte, um mich zu vernichten?

Ich ging in die Knie und versuchte mich so gut wie möglich abzuschirmen, doch der Blizzard wütete überall um mich herum.

Eine Erinnerung:

– Genau wie in dem Blizzard, stand ich inmitten eines Sturms aus magischer Energie, hatte meine Hände ebenso zum Schutz erhoben. Ich sah, wie dieser Zaunreiter gemeinsam mit unzähligen anderen mich versuchte umzubringen. Ich hielt stand, doch dann kam ein starker Stoß und ich flog weg –

Wieder im Hier und Jetzt drängte ich immer weiter zurück, bis ich wieder im Wald war. Hier war der Sturm etwas abgeschwächter, doch immer noch peinigend. So kauerte ich mich zwischen die Wurzeln eines großen Baumes und hoffte, dass das nicht das Ende sein wird.

23. Tag

Nachdem er den gesamten Tag und die halbe Nacht vorherrschte, verschwand der Blizzard. Das Aufstehen fiel schwer, da ich sehr dick mit Schnee bedeckt war, selbst als ich endlich stand, reichte mir die weiße kalte Decke bis zur Hüfte.

Idiotin, du hast den Besen verloren. Wie willst du jetzt hier wegkommen? Ich hatte Recht, wie konnte ich nur so dumm sein. Also grub ich um mich herum den Schnee weg, in der Hoffnung, den Besen zu finden. Als ich ihn nicht fand, erweiterte ich meinen Suchradius bis weit in die Wiese hinein. Je mehr Zeit erfolglos verging, desto hektischer wurde ich und verlor jegliches System, bis ich weinend und zitternd zusammenbrach.

»Zaunreiter, du Mistkerl!«, schrie ich in den Himmel. »Du willst mich tot sehen? Dann komm persönlich her und hol mich!«, forderte ich ihn heraus.

Er wird nicht kommen, er ist hinterlistig, tückisch und greift nur auf faule Tricks zurück.

»Ich will nicht mehr. Ich will mich nicht erinnern, ich will nur noch sterben.«

Ich sammelte meine letzte Kraft für einen weiteren Ruf ins Nichts. »Komm her Zaunreiter! Bring es zu Ende, hier bin ich und warte auf den Tod.«

Reiß dich jetzt mal ein bisschen zusammen, dummes Ding. Steh auf und hol dir den Besen. Nutze Magie. Denk an Imagination. Wie beim Feuer, wie bei der alten Baba. HOL DIR DEN BESEN!!

Getrieben von meiner inneren Stimme stand ich auf, hob meine Hand und schloss die Augen. Ich stellte mir vor wie der Besen in meiner Hand liegt. Ich spürte sein hartes Holz, sein Gewicht meinen Arm herunterziehen. Ich öffnete die Augen und der Besen befand sich in meiner Hand. Befriedigung entfachte ein neues Feuer der Entschlossenheit in mir. Entschlossenheit, weiter zu leben.

Ich wollte hier weg, ich wollte meine Erinnerungen zurück und ich wollte *Rache an Zaunreiter.*

24. Tag

Nachdem ich meinen Besen sorgsam von Eis und Schnee befreit hatte, setzte ich mich auf ihn und stieg in die Höhe. So flog ich, noch ein bisschen wackelig, über die Wiese und weit darüber hinaus. Ich überflog sogar einige Berge und azurblaue Seen.

Bei der ersten Stadt, die ich sah, landete ich. Als ich so durch die Straßen schlenderte und mir alles ansah, kam mir leider nichts bekannt vor. Da waren ein Restaurant «Zur legenden Henne», ein Friedhof und andere stadttypische Gebäude. Einige Straßen weiter kam ich an ein kleines Geschäft, welches offensichtlich geöffnet hatte.

Ich trat ein.

Als eine etwas ältere Frau mich sah, fiel ihr Geschirr aus der Hand. Das laute Klirren des zerspringenden Porzellans ließ mich kurz zusammenzucken. Die ältere Frau kümmerte sich nicht darum, sondern kam mit einem Lächeln auf mich zu. »Liebes, du hast es geschafft und bist wieder hier. Welch Freude.« Sie drückte mich so fest, dass ich nach Atem ringen musste.

Sie schien wohl meine Verwirrung zu spüren, da sie mich abrupt losließ und tief in meine Augen sah. Ich antwortete auf ihre unausgesprochene Frage. »Ich habe kaum Erinnerungen, ich weiß nicht wer ich bin, wo ich bin und wer Sie sind. Tut mir leid.«

Sie musterte mich, dann sah sie mich liebevoll an. »Das braucht dir nicht leidtun, Liebes. Du bist unter Freunden und in Sicherheit.«

Ein kleiner Hoffnungsschimmer durchflutete mich und ich lächelte ganz automatisch. Konnte es sein, dass mich dieser Zaunreiter hier nicht finden konnte? War ich wirklich sicher?

Miri, so hieß die nette Dame, richtete mir ein Bett. Sie sagte, mir auf Anhieb alles zu erzählen, wäre für mein Gehirn eine Überforderung und könnte Schäden hervorrufen.

Es war so ungewohnt in einem richtigen Bett zu liegen, es fühlte sich an als würde ich versinken, wie auf einem Marshmallow. Also setzte ich mich auf den Boden, dort fühlte ich mich deutlich wohler.

Nach einiger Zeit kam Miri mit einer Tasse zu mir. »Trink das, Liebes. Das ist Rumpelkrauttee. Der wird dir helfen dich zu erinnern.« Ich verzog unweigerlich das Gesicht, als ich den ersten Schluck trank. »Ich weiß es gibt leckeres, Liebes, aber du musst ihn austrinken.«

Also tat ich es. »Könntest du mir bitte sagen wie ich heiße?«

Egal was die Alte sagt, glaube ihr kein Wort.

»Dein Name ist Ida.«

Falsch.

»Ist das so?«, fragte ich nach.

»Sicher, Liebes.« Dann ließ sie mich allein, damit ich mich ausruhen konnte.

Ida. Heiße ich wirklich so? Der Name gefällt mir.

Es ist schön, dass es Menschen gibt, denen ich wichtig bin und die mir helfen.

25. Tag

Nachdem ich ausgeschlafen hatte, kam Miri zur Mittagszeit zu mir. »Hallo Liebes, wie hast du geschlafen? Hier, ich habe dir was zu essen mitgebracht.«

»Sehr gut, danke. Das sieht aber lecker aus.«

Sie wird dich verraten.

»Liebes, darf ich jemanden holen, der dich auch gut kennt und dir helfen kann, deine Erinnerungen wieder zu bekommen?«

»Gern, ich freu mich.«

Einige Stunden später klopfte es an der Tür.

»Herein«, rief ich.

Als ich ihn sah, gefror das Blut in meinen Adern und der feste Griff der Angst drohte mich zu ersticken. Ich erkannte ihn aus meinen Erinnerungsfetzen. Er sah zwar magerer und ungepflegter aus, aber es war definitiv dieser Zaunreiter. Von Panik getrieben sprang ich auf, drehte mich um und rannte auf das einzige Fenster in diesem Raum zu. Während meiner Bewegung ließ ich den Besen in meine Hand gleiten und sprang hinaus. Da ich es nicht schaffte, im Sprung loszufliegen, schlug ich zusammen mit den klirrenden Scherben auf den Boden auf. Ich vergaß den Besen und rannte einfach weg. *Feigling, nicht rennen, kämpfen.*

Doch die Angst war zu groß. Ich hörte erst auf zu rennen, als meine Beine unter mir einbrachen. Aufmerksam wie noch nie sah ich mich um. Ich kroch weiter.

Irgendwann lehnte ich mich an einen Stein und versuchte mich zu beruhigen.

Ich sah Miri aus der Ferne auf mich zu kommen, allein. »Liebes, was ist los? Komm wieder herein, du erkältest dich noch.«

Sie will dich ihm ausliefern.

»Bleib weg von mir. Lasst mich in Ruhe.« Als sie dennoch langsam näherkam, nutzte ich Magie um einen Baum neben ihr zu entflammen. Sie wich zur Seite, hob die Hände. »Ida, ich will dir nichts tun, ich bin deine Freundin.«

Lügen. Sie hat den Zaunreiter zu dir geführt.

Ich erhob mich und ging langsam einige Schritte rückwärts. »Alles Lügen. Du hast den Zaunreiter zu mir geführt. Ihr wollt mich töten. Das mit dem Baum war nur eine Warnung. Lass mich gehen und keinem passiert was.«

Sie schüttelte den Kopf. »Ich lüge nicht, niemand will dich töten.«

Du darfst ihr nicht vertrauen.

»Ich warne dich nicht nochmal, bleib stehen.« Sie stoppte.

»Ich erinnere mich nicht an viel, aber ich erinnere mich genau daran, wie dieser Zaunreiter mich umbringen wollte. Er und sein Monstereichhörnchen. Glaubst du ehrlich, dass ich auf deine Regenbogenorca-wirsind-deine-Freunde-Masche hereinfalle? Niemals!«

»Ida, bitte. Versuch mir zu vertrauen. Ich schicke Zwitschernder Sperling auch weg.« *Nein!*

Ich zögerte, ging einen Schritt auf sie zu.

»Ida!« Ich erkannte seine Stimme, noch bevor ich mich drehte.

ZAUNREITER

Enttäuscht sah ich wieder zu Miri. »Du sagst, ich solle dir vertrauen, während du dieses Monster von hinten auf mich hetzt.«

»Sie wusste nicht, dass ich auch herkomme.«

Noch mehr Lügen.

»Ida, du hast Recht, ich wollte dich töten und es tut mir

sehr leid. Es ist eine komplizierte Geschichte. Ich dachte, du wärest nicht mehr zu retten. Da hatte ich mich geirrt. Lass mich dir bitte alles in Ruhe erklären. Bitte verzeih mir. Bitte, Ida, lass uns darüber reden. Ich will dir helfen.«

Lügner!

Beide kamen langsam näher, ich hatte keinen Fluchtweg. Wie bei einem in die Ecke gedrängtem Beutetier kroch eisige Panik meinen Nacken hinauf.

Imagination

Ich verstand und schon war der Besen in meiner Hand. »Ihr kriegt mich niemals,« schrie ich und flog nach oben und davon.

26. Tag

Als ich außerhalb der Stadt landete, bemerkte ich, dass ein anderer Besen in meiner Hand war, als ich erwartete. Aber das störte mich nicht. Hauptsache, ich war in Sicherheit.

Du musst besser lernen, zu kämpfen.

Ich war hin und her gerissen, sollte ich kämpfen und mich dem Feind stellen oder weiter fliehen? »Ich darf nicht in Angst leben. Nur Mut, Ida.«

Dein Name ist Videns.

Ida gefiel mir besser. Ich lief auf und ab, während ich überlegte, wie ich mich besser verteidigen könnte.

Babas Haus. Da sind ganz viele Zauberbücher. Also flog ich mit meinem neuen Besen zurück zu Babas Hütte.

Nachdem ich die Nacht durchgeflogen war, betrat ich zügig das kleine Häuschen. Ich machte mich sofort an die Arbeit und durchwühlte die ganzen Grimoires. Was mir nicht nützlich war, warf ich einfach weg. Mit dieser Methode fand ich sehr schnell die passenden Bücher. Doch diese Zauber zu erlernen würde wohl länger dauern.

Ein Auto fuhr vor. Eilig versteckte ich mich in einer kleinen Ecke hinter einem Beistelltisch, hielt die Luft an und lauschte.

»Bist du sicher, dass sie hier ist?«

»Sicher nicht, aber der Besen, den sie bei dir zurückgelassen hat, gehörte definitiv der alten Baba.« Die Tür ging knarzend auf. »Was ist denn hier passiert?« Das war Zaunreiters Stimme.

»Vielleicht Plünderer?« Und das Miris, sie klangen sehr aufgeregt.

»Mitten im Wald? Sicher nicht. Baba! Baba bist du da?«

»Mein Lieber, sieh mal, der Aschehaufen.

Ich fürchte, hier gab es eine Tragödie.«

Er klang mitgenommen. »Oh nein, die arme Baba. Das hatte sie nicht verdient.«

Also kannte diese Hexe den Zaunreiter tatsächlich.

»Ida, Liebes. Bist du hier? Wir wollen dir nichts tun.«

Sie lügen immer weiter.

»Miri, ich glaube, sie ist nicht hier. Sie könnte überall sein. Ich kann sie nirgends spüren. Es kann sein, dass sie sich irgendwie tarnt.«

»Wärst du nicht einfach hinter ihr aufgetaucht, hätten wir das Problem jetzt nicht. Die Arme ist total verängstigt. Warum hast du mir nicht erzählt, dass du sie umbringen wolltest?«

»Weil das nur ein kleiner Teil der Wahrheit ist, ich hatte es verdrängt. Ich konnte ja auch nicht ahnen, dass sie sich ausgerechnet daran erinnern wird.«

Sie spielen ein Schauspiel um dich rauszulocken

»Wie feinfühlig von dir. Hier ist sie nicht.

Vielleicht haben die Hexen was erreicht.«

Hexen? Habe ich jetzt noch mehr Feinde? Als sie fort waren, kam ich aus meinem Versteck heraus.

Du musst so schnell wie möglich starke Zauber lernen.

Gerade als ich ein Buch in die Hand nahm,

kam eine Erinnerung –Ich stand vor einem Ritualkreis, in diesem Kreis war ein seltsames Wesen, es grinste. Ich spürte, wie Energie von mir auf dieses Wesen überging. Dann wurde ich ohnmächtig –

Das war eine seltsame Erinnerung und leider hilft sie mir nicht weiter.

27. Tag

Ich las ständig und lernte die meisten Zauber auswendig. Es ging ganz gut, weil sie alle einen ähnlichen Aufbau hatten.

Ich hatte wieder eine Erinnerung –Ich flog mit zwei Frauen, die ebenfalls auf Besen ritten und einem Mann auf einem fliegenden Teppich durch die Luft–

Wer waren diese Menschen? Kannte ich sie gut?

Ein Scheppern riss mich aus meinen Überlegungen und ich eilte sofort in die Küche, um zu sehen, was passiert war. »Elfi, was machst du denn hier?«

Die kleine Elfe flog zappelig vor meinem Gesicht herum und gestikulierte wild. »Ich habe dich gesucht, du musst uns nochmal helfen. Die Geister sind überall. Gandolar sagt, dass sich immer mehr Portale zwischen uns und den Anderswelten öffnen werden und so immer mehr Geister hierherkommen.«

»Und ich soll jetzt Ghostbuster spielen?«

»Ghostwas?«

»Nicht so wichtig. Ich kann euch nicht helfen, ich habe meine eigenen Probleme. Bitte frage jemand anderen.«

»Aber du bist die Einzige, die uns bisher geholfen hat und wen sollte ich schon fragen, ich kenne sonst niemanden.«

»Elfi, ich bin gerade in einer sehr schwierigen Situation. Ich muss mich meiner größten Angst stellen und das kann ich nun wirklich nicht aufschieben. Auch wenn ich´s gern würde.«

Sie flog im Zickzack quer durch den Raum und setzte sich mit überschlagenen Beinen auf meinen Kopf. »Gut, dann werde ich dir dabei helfen und wenn wir das erledigt haben, hilfst du mir und meinem Volk.«

»Ok, so können wir es machen.«

Ich erzählte Elfi von meinen neusten Erlebnissen und dass meine Erinnerungen langsam wieder zurückkommen. Wir fassten den Plan, meine Erinnerungen schnellstmöglich und vollständig wieder zu erlangen, um mich anschließend von der Geißel, dem Zaunreiter und seiner Gefolgschaft, zu befreien. Damit meine Erinnerungen so schnell wie möglich zurückkommen, brauchten wir das Rumpelkraut von dieser Miri, damit ich es als Tee trinken konnte. Denn ich hatte das Gefühl, dass dieser Tee tatsächlich meinem Gedächtnis auf die Sprünge half.

»Ida, ich bin bereit.«

Ich musste lachen, da Elfi sich einen Eierbecher wie einen Helm aufgesetzt hatte und einen Schaschlikspieß wie einen Speer vor sich hielt. »Haha, du kleine Ritterin.« Ich nahm ihr «Rüstung und Waffe» ab. »Das wirst du nicht brauchen und wir wissen nicht, ob ich wirklich Ida heiße.«

Du heißt Videns. Schluss mit dem Unsinn. Führt euren Plan aus.

Als es dunkel wurde, flogen wir zurück in die Stadt und versteckten uns hinter «Miris Zauberallerlei.«

Da kam mir wieder eine Erinnerung

– Ein fast nackter hagerer Mann kam mit einem BusNothammer durch ein Fenster direkt auf mich zu –

Das war sehr verstörend, brachte mich aber
auf eine Idee.

Mit Hilfe von Magie projizierte ich einen BusNothammer in meine Hand. Dann ging ich zum Fenster und schlug mit Kraft die Scheibe ein. Es machte keine warnenden Geräusche, da ich den Lärm durch Zauberei dämpfte. Elfi flog geschwind hinein und suchte besagte Pflanze, da sie wusste, wie sie aussieht.

Nach nur kurzer Zeit kam Elfi zurück und flüsterte kaum hörbar. »Du musst mir helfen, die Pflanze ist zu schwer für mich.« Sie führte mich durch den Laden, die Treppe hoch, in einen kleinen Raum.

Dort standen verschiedene Pflanzen, sie zeigte auf einige. »Das alles sind die richtigen Pflanzen. Nimm so viele, wie du tragen kannst.« Das tat ich hektisch, dabei fiel mir eine Gartenschaufel auf den Boden und klirrte laut. Wir bewegten uns für einige Sekunden nicht und lauschten. Ich hörte Schritte die Treppe hoch gehen und ein Licht schimmerte durch den Türschlitz. Elfi ergriff die Initiative und flog unter der Tür durch, den Schritten entgegen. Diese verstummten. Ich legte mein Ohr an die Tür, um besser hören zu können.

»Huch, wer bist du denn?«, fragte Miri, verschlafen und offensichtlich überrascht.

»Ich bin eine Waldelfe.«

»Das sehe ich. Wer bist du und was machst du hier?«

»Ich heiße Elfi und mir war langweilig. Da habe ich versehentlich eine Schaufel umgeworfen. Entschuldigung.«

»Ist nicht so schlimm, aber am besten gehst du jetzt wieder. Ich räume das morgen auf.« Die Schritte entfernten sich wieder. Nach etwa fünf Minuten schlich ich mich wieder aus dem Haus und Elfi und ich verschwanden in der Nacht.

28. Tag

Zurück in Babas Hütte, kochte ich sofort einen Tee aus den entwendeten Pflanzen.

Elfi flog um den Kessel herum. »Willst du das alles trinken?«

»Viel hilft viel.«

»Du weißt, dass das nicht schmeckt?«

Ich holte den Kessel von der Feuerstelle.

»Das ist egal, Hauptsache ich bekomme meine Erinnerungen wieder.«

Sie stemmte, im Flug, ihre Arme in die Hüften. »Du weißt, ganz so einfach wird's nicht. Du hast nicht auf einen Schlag alle Erinnerungen wieder. Sie kommen nach und nach.«

»Also hast du eine Idee wie es schneller ginge?«

Sie rieb sich einen ihrer Flügel. »Mit Elfenstaub ginge es vielleicht schneller. Aber es könnte dich auch umbringen, da er nicht für Menschen gedacht ist.«

Ich trank einen großen Schluck. »Bah, scheußlich. Gib ihn mir einfach und wir werden sehen.«

Sie knickte ein wenig ein. »Ich habe keinen Elfenstaub. Nur die Elfer haben sowas. Der wird nämlich aus ihren Bärten gewonnen. Weißt du? Der Bart wird ein Stück gekürzt, dieses Stück wird gemahlen und während des Mahlens besprochen und Tada, Elfenstaub.« Ich verzog mein Gesicht. »Und wozu ist der gut, außer Erinnerungen wieder zu holen?«

»Nun ja, er lässt manche von uns träumen.«

»Träumen?«

»Ja und zwar die Zukunft.«

»Die Zukunft? Sowas geht?«

In diesem Moment kam wieder eine Erinnerung – Ich stand auf einem Schiff, es war sehr alt. Ich hörte ein lautes

Hämmern. Ich versuchte den Grund des Hämmerns zu finden, doch das Schiff schwankte sehr stark und ich konnte nicht gerade laufen. Da kam ein kleiner Handkalender über den Boden geholpert. Es war der 13. Januar 2021 –

Als sich mein Bewusstsein klärte, merkte ich, wie Elfi mir auf den Kopf schlug. »Endlich bist du wieder da. War das schon eine Erinnerung?«

»Welches Jahr haben wir gerade?«

»Das 36.892. Elfenjahr, wieso?«

»Nein, welches Jahr, nach meiner Zeitrechnung?«

Erneut rieb sie einen ihrer Flügel. »Warte, lass mich kurz rechnen. Ähm 2020.«

»Bist du sicher?«

»Ja, ganz sicher. Warum?«

»Weil das dann keine   Erinnerung war.«

»Eine Vision, ein Traum, eine Vorahnung?«

»Ich weiß es nicht.«

Ich trank im Laufe des Tages den ganzen Tee aus und musste mich anstrengen, den Würgereiz zu unterdrücken.

29. Tag

In der Nacht schlief ich sehr unruhig. Ich träumte von einem tödlichen Killervirus, von einem Brief, den ich in ein Grab legte, von einem magischen Ort, den ich bereiste und von Türken, die meine Wohnung ausräumten.

Ich hatte keine Ahnung ob das nur Träume waren oder echte Erinnerungen.

Wie dem auch sei, ich brauchte meine Erinnerungen so schnell wie möglich zurück. Also gingen Elfi und ich zurück in das Reich der Waldelfen.

Gandolar flog direkt auf uns zu. »Sehr gut Elfi, du hast sie gefunden und hergebracht.« Er sah mich hoffnungsvoll an. »Gute Frau, wir brauchen noch einmal deine Hilfe.«

Ich ging in die Knie, um ihm direkt in die Augen zu schauen. »Gandolar, ich helfe wirklich gerne, aber wie ich Elfi auch schon sagte, brauche ich erst alle meine Erinnerungen zurück. Ich habe schon ganz viel scheußlichen Tee getrunken, aber ich benötige noch zusätzlich Elfenstaub.«

Er versuchte seinen Bart hinter seinem Rükken zu verstecken, was ziemlich albern aussah. »Elfenstaub ist nicht für Menschen gedacht. Er ist sehr stark und könnte dich töten.«

Ich fiel vor ihm auf den Boden, würde er nicht fliegen, wäre ich immer noch größer.

»Ich weiß um das Risiko. Ich bitte dich dennoch, mir zu helfen.«

Er biss sich in seinen langen Bart. »Nagut, aber wir müssen einige Sicherheitsvorkehrungen für dich treffen.« Er drehte sich herum und rief laut: »Holt die Schützer!« Einige Sekunden später kamen mehrere Elfen angesaust, ich konnte sie mit bloßem Auge kaum erkennen. Sie schwirrten wie ein bunter Wirbelsturm um mich herum. Ich konnte mich kaum versehen, da trug ich einen Fahrradhelm, Knie-, Ellenbogenund Schienbeinschützer. Mein Oberkörper war mit einer Schutzplatte versehen und ich steckte in, mit Stahlkappen versehenen, Arbeitsschutzstiefeln. Gandolar schaute auf eine winzige Stoppuhr und applaudierte laut. »Bravo, das war ein neuer Schutz-Ankleide-Rekord. Nur zwei Sekunden. Das harte Training hat sich ausgezahlt.«

Ich spürte, wie das Blut in mein Gesicht schoss. »Was soll das werden Gandolar? Bin ich eine Ankleidepuppe, die da ist, um irgendwelche Rekorde zu brechen?«

Er machte eine beschwichtigende Bewegung.

»Nein, nein. Natürlich nicht. Diese Ausrüstung dient lediglich deinem Schutz.« Ich sah wie er sich bemühte, ein Lachen zu unterdrücken und ernst zu bleiben. »Und offensichtlich eurer Belustigung.« Meine Stimme wurde immer schärfer.

Er flog einige Zentimeter rückwärts. »Nein, wirklich nicht. Es tut mir leid, aber diesen Schutz zu tragen ist Pflicht.«

Ich atmete mehrmals tief durch. »Ok, bringen wirs hinter uns.« Er nickte und holte aus einem kleinen Säckchen etwas Staub heraus und blies es in mein Gesicht. Ich nieste ganz oft und fiel um.

Ich fand mich an einem unbekannten Ort wieder. Alles war so weiß. Ein riesiges Tor schwang auf und ich ging hindurch. Auf einem Thron saß ein alter dicker Mann, mit weißem Bart. Ich sprach ihn direkt an. »Entschuldigung lieber Weihnachtsmann, ich habe keine Ahnung, wie ich hier zum Nordpol gekommen bin. Ich bräuchte Hilfe, wieder zurück zu kommen.«

Er sah mich schief und leicht wütend an. Dann sprach er mit einer tiefen monotonen Stimme. »Weihnachtsmann? Nordpol? Ida, du bist tot und im Himmel. Ich bin Gott.« Das war mir zu ungenau. »Welcher?«

»Welcher was?«

»Na, welcher Gott?«

Er starrte mich emotionslos an. »Ich bin der der ich bin.«

»Das sehe ich. Ich wollte deinen Namen wissen. Heißt du Odin, Thor, Frey oder gar Loki?«

»Keiner von denen.«

»Ah ok, also ein kleiner unbekannter Gott.« Er stand auf und brüllte so stark, dass ich fast weggeweht wurde. »Ich bin der christliche Gott.«

Ich antwortete, als ich wieder festen Stand hatte. »Sag das doch gleich. Lieber Mammon, warum bin ich hier und nicht bei Luzi? Da ist ja immer Heidenspaß und könntest du mich wieder lebend machen?«

»Mammon? Heidenspaß?« Er lief rot an vor Wut. »Du kleine heidnische Hexe, dich werde ich …«

30. Tag

Atem durchdrang meine Lungen und ich öffnete die Augen. »Oh, den Göttern sei Dank, sie ist wieder da,« hörte ich Elfis Stimme laut rufen. »Wie geht es dir Ida?«

Ich antwortete noch etwas benebelt. »Gut, glaube ich. Ich hatte einen ganz merkwürdigen Traum. Wie lange war ich weg?« Gandolar wickelte seinen Bart um einen Arm. »Tot, gute Frau. Du warst tot, aber nur für ein paar Sekunden. Hast du deine Erinnerungen wieder?«

Ich versuchte mich zu erinnern. »Nein, habe ich nicht. Heißt das, es hat nicht funktioniert?«

»Nicht unbedingt, manchmal dauert es etwas, bis sich die Wirkung zeigt. Du solltest dich ein wenig ausruhen.«

Ich verbeugte mich vor ihm. »Habt Dank. Ich gehe gleich in die kleine Hütte zurück und versuche zu schlafen.«

Elfi flatterte wie wild herum. »Ich komme mit dir.«

Angekommen, legte ich mich sofort hin, da ich mich schlapp fühlte.

Ruh dich nicht zu lange aus. Du musst Zaunreiter zur Strecke bringen.

31. Tag

Ich schlief wohl bis mittags durch. Elfi hatte in der Zeit etwas zu Essen gezaubert. Als ich alles verputzt hatte, sagte sie zu mir: »Ida, ich weiß, du möchtest erst deine Erinnerungen zurück und eine Sache mit diesem Zaunreiter klären, aber Gandolar sagte, dass es allerhöchste Zeit wäre, sich um das Geisterportal zu kümmern. Abgesehen davon funktioniert der Zauber wahrscheinlich besser, wenn du abgelenkt bist und nicht darüber nachgrübelst.«

Ich ging ein paar Mal auf und ab. »Ok, da ihr mir bisher geholfen habt und ich so meine Zeit vernünftig nutzen kann, mache ich es.«

Sie zauberte einen riesigen Regenbogen.

»Juhu, vielen Dank.«

Wir waren nun wieder bei den Waldelfen, als Gandolar auf uns zu geschwebt kam. Ich erschrak, als sein Bart mehr als halb so kurz war wie sonst. Er schien meine Verwunderung zu bemerken. »Ich musste meinen Bart stutzen, um den verlorenen Elfenstaub zu ersetzen.«

Irgendwie fühlte ich mich ein wenig schuldig.

»Es tut mir leid.«

Er nickte. »Der wächst nach.«

Er erklärte mir, wie die Situation war und was ich zu tun hatte: »Also, da zu Samhain ein Portal aus der Geisterwelt in unsere Welt erschaffen wurde, riss der Schleier, der normalerweise zwischen den Welten ist, ein und wird immer löchriger. Das bedeutet, dass sich immer mehr Portale bilden, wodurch die Geister und Dämonen in unsere Welt kommen können. Auch wenn die meisten Dämonen zu dumm sind, um das zu kapieren. Wenn wir jetzt handeln, können wir verhindern, dass sich noch mehr Portale öffnen. Wir »flicken« den Schleier. Dafür haben wir einen besonderen Elfenstaub hergestellt.

Dieser muss in das aktuell einzige Portal gepustet werden. Das kann aber leider keine Elfe machen, sondern es muss ein menschlicher Atem sein. Sonst gehts nicht und ganz wichtig, PUSTEN!«

Ich nickte überdeutlich, da ich merkte wie wichtig ihm das war. »Ich habe verstanden, pusten und menschlicher Atem. Wann geht es los?«

»Morgen früh, da wir gerade noch den letzten Staub herstellen.« Er sah mich erwartungsvoll an und verschwand.

Da ich wusste, dass morgen ein wichtiger Tag war, ging ich zur Ruh und versuchte ein wenig zu schlafen.

32. Tag

Gut ausgeschlafen machte ich mich auf den Weg zu Gandolar. Er gab mir den Staub und erklärte, wo ich hinmüsse.

Ich schreibe diesen Eintrag weiter, sobald ich die Aufgabe erledigt habe.

01.12.

Hallo Tagebuch,

dies ist der erste richtige Tagebucheintrag seit Monaten. Auch wenn ich bedaure, alle Tagebuchseiten gelöscht zu haben, freue ich mich, sie neu zu beschreiben.

Ich habe meine Erinnerungen wieder. Ich weiß wieder alles vor meinem Weggang und alles, was in den Anderswelten passiert ist. Ich bin gerade sehr hin und hergerissen. Einerseits weiß ich, dass ich keinen eigenen Willen hatte, andererseits finde ich es erschreckend, wozu ich alles imstande war. Doch meine Freude darüber, dass meine Freunde mich nicht aufgaben, überwiegt alles.

Ich erinnere mich sogar an den Kampf mit Perdurabo, kurz nachdem ich in die Anderswelten gereist bin – Er riss an mir. Riss an meiner Seele, um über meinen Körper zu herrschen. Solche Schmerzen spürte ich noch nie. Er schrie durch meinen Mund: »Iidaa! Iidaa!« Ich wehrte mich, versuchte ihn abzustoßen.

Obwohl ich alle Kraft einsetzte, verließ diese mich nach und nach. Mein Inneres zerbrach und der üble Dämon, den ich einst beschwor, übernahm mich und flutete mein Sein mit Finsternis. Ich wäre beinahe gestorben. Doch diese alles durchdringende Finsternis ließ den Tod nicht zu und so war Videns geboren –

Obwohl ich jetzt weiß, dass ich Perdurabo damals am See besiegt hatte, spüre ich, dass irgendetwas Anderes in mir ist. Etwas Neues, etwas Böses.

Ich habe dir noch nicht geschrieben, was an dem Portal passierte. Das kommt jetzt:

Ich ging, bewaffnet mit Elfenstaub, zu diesem kleinen Portal. Gerade als ich es in meine flache Hand legte und Luft holte, kamen alle meine Erinnerungen aus den Anderswelten und Zaunreiters Wohnung wieder. Es war wie eine kleine Explosion in meinem Kopf. Ich ließ den Staub fallen.

Dann übermannte mich die Angst. Die Angst vor dem Zaunreiter, doch sie wandelte sich schnell in Wut.

Jetzt ist die Gelegenheit. RACHE

Also zauberte ich wie schon zuvor meinen Besen in meine Hand und flog rasend zu Zaunreiters Wohnung.

Ich trat die Tür ein, schleuderte ihn, noch bevor er irgendetwas sagen konnte, gegen die Wand. Meine Wut brannte lichterloh in mir, VIDENS. Ich hatte diesen lebenden Alptraum im magischen Griff.

Töte ihn! Brich ihm das Genick!

Ich wollte es tun, da brach ich zusammen.

Nun kamen alle anderen Erinnerungen zurück. Diese Explosion war noch viel schlimmer, als zuvor. Aus Angst, er könnte zerspringen, hielt ich meinen Kopf mit beiden Händen fest und fiel zu Boden. Ich war vollkommen überfordert von all diesen Bildern, Geräuschen und Gerüchen, die in mir widerhallten und mein gesamtes Sein durchfluteten.

Als mein Verstand es langsam schaffte, mit dieser Fülle an Informationen klar zu kommen, merkte ich, was passiert war. Ich hätte beinahe einen meiner besten Freunde umgebracht und es war zu spät, das Portal zu schließen. Zwitschernder Sperling kam langsam auf mich zu und kniete sich neben mich. »Ida, ist alles in Ordnung?«

Ich zitterte am ganzen Leib. »Es tut mir leid. Es tut mir leid.« Er umarmte mich und mein Zittern hörte auf. Nach einigen Augenblikken riss ich mich los und rannte weinend davon.

Als ich später zum Portal zurückkehrte, traf ich Elfi. Sie erklärte mir, dass der gesamte Staub, den ich zuvor fallen ließ, vom Wind in das Portal geweht wurde. Dieses ist nun verschwunden, aber von Gandolar weiß ich, dass das Problem nicht gelöst ist.

Ich habe leichte Kopfschmerzen, deshalb beende ich erstmal diesen Eintrag.

Ida

02.12.

Hallo Tagebuch,

die Waldelfen wissen leider auch nicht, was genau ihr Staub nun bewirkt hat. Sie meinten, dass sie erst einmal nachforschen müssen und mir Bescheid geben.

Das ist gut, so habe ich Zeit, mir über meine Situation Gedanken zu machen. Es ist, als hätte ich zwei Leben gelebt. Ich erinnere mich an meine Zeit als Ida und als Videns gleichermaßen, genauso ist ja auch die Zeit meiner Erinnerungslosigkeit real. Es ist alles so verwirrend und widersprüchlich. Beispielsweise bin ich mit Zwitschernder Sperling befreundet, aber auch irgendwie verfeindet. Die Angst, die ich vor ihm hatte, ist leider auch nicht so einfach verflogen, obwohl ich weiß, dass er ein freundlicher Mensch ist und alles für seine Freunde, für mich, tun würde. Ich habe noch keine Ahnung, wo mich das alles hinführen wird.

So beschloss ich die restliche Wartezeit zu nutzen, um mich bei meinen Freunden und meinem Zirkel zu melden.

Es erleichterte mich natürlich ungemein, dass alle Verständnis für meine Situation hatten. Es erfreute mich sogar, Flo wieder zu sehen. Es schien so, als ob die ganze Sache Zwitschernder Sperling am meisten mitgenommen hatte. Er war sehr abgemagert und seine Augen wirkten eingesunken. Ich traute mich nicht, ihn auf mein inneres Chaos anzusprechen.

Wovor hatte ich Angst? Es fiel mir sehr schwer, bei ihm zu bleiben und ich hielt auch erstmal einen gewissen Abstand ein, aber zumindest versuchte ich nicht, ihn umzubringen.

Feige Kuh

Er erzählte mir, wie er alles erlebt hatte und ich war erstaunt, dass er so lange durchhielt. Miri brachte ich ihre Pflanzen zurück und entschuldigte mich für den Einbruch.

Dumme Gans, du tatest nur was nötig war.

Morgen möchte ich zum Friedhof und meine Eltern besuchen.

Ida

03.12.

Hallo Tagebuch,

wie schon angekündigt, besuchte ich das Grab meiner Eltern.
Ich legte einige frisch gepflückte Blumen auf das immer noch gepflegte Grab und sprach zu den beiden. »Hallo Mama, hallo Papa. Ja, ich bin wieder da. Ich war in den Anderswelten gefangen, wusste nicht wer ich bin und musste erst mit viel Mühe meine Erinnerungen wieder erlangen. Nun stehe ich wieder hier. Bei euch. Es ist schön, wieder mit euch reden zu können. Das hätte ich vorher nie gedacht. Ich habe euch so vermisst. Ich merke, dass ich nicht mehr die alte bin und dass es da irgendetwas in mir gibt, was raus möchte, doch habe ich das Gefühl, vor Erleichterung schweben zu können.«

Ich verbrachte den gesamten Tag an ihrem Grab.
Auch dir, Tagebuch, möchte ich danken, dass du mir noch immer treu bist.
Bis bald
Ida

04.12.

Hallo Tagebuch,

ich besuchte Zwitschernder Sperling. Er wirkte, seit ich meine Erinnerungen wieder habe, lebendiger und freier. Da die Waldelfen nichts in Erfahrung bringen konnten, beschlossen wir beide, gemeinsam in die Anderweiten zu reisen.

Ich war sehr aufgeregt und zappelte herum.

»Alles ok?«, fragte er mich.

Ich nickte übertrieben. »Jaja, es ist alles gut.« Er tätschelte meine Schulter. »Ich war auch lange nicht mehr dort, aber nur Mut. Niemand gibt dir die Schuld an dem was passiert ist.«

Wir setzten uns wie immer bequem, schlossen die Augen und ließen unsere Seelen fliegen.

In der unteren Welt angekommen, krümmte ich mich wegen eines beklemmenden Gefühls. Wir gingen einige Schritte, als ein kleines geflügeltes Eichhörnchen rasant an mir vorbeiflog. Es umrundete Zwitschernder Sperling und setzte sich auf seine Schulter.

»Sperli, Sperli, endlich, du bist wieder da. Wie schön.«

Es sah misstrauisch zu mir herüber, dann drehte es sich um und flüsterte Zwitschernder Sperling etwas ins Ohr.

Er streichelte das Eichhörnchen. »Brutus, sie ist wieder die alte, wir haben nichts von ihr zu befürchten.«

Brutus flog nun sehr nah vor meinem Gesicht. »Bist du die böse Hexe?«

Er beobachtete mich ganz genau *Bring ihn um*

»Nein! Ich tu niemandem etwas.«

Er tippte mit seiner Pfote auf meine Brust.

»Ich werde dich genau beobachten.« Ich lächelte ihn freundlich an. »Gerne.«

Zwitschernder Sperling sprach nun mit Brutus. »Als ich damals, zusammen mit den Ahnen, ein Portal erschuf, riss der Schleier zwischen den Welten und nun wissen wir nicht, ob es neue Portale gibt und wenn ja wie viele. Kannst du uns weiterhelfen?«

Brutus holte eine Eichel hervor und knabberte daran. »Hm, ich habe schon gehört, dass einige Geister auswandern, weil sie hier keine Perspektive mehr sehen. Du weißt schon, nachdem diese Welten fast zerstört wurden.« Er schielte zu mir. »Ich fragte mich schon immer, wie sie es schafften, abzuhauen. Aber bei der Menge an Auswanderern, müssten es einige Portale sein.«

»Können wir diese Portale irgendwie schließen?«

»Das weiß ich nicht. Ich mache mich schlau und wenn du wieder kommst sag ichs dir.« Zwitschernder Sperling streichelte seinen kleinen Freund zärtlich. »Danke schön.«

Wieder zurück aus der Trance sprach ich meinen Freund an. »Brutus mag mich nicht.«

»Naja, Videns hat ihn ordentlich zugerichtet.«

Wir beschlossen, dass es am besten wäre, wenn Zwitschernder Sperling das nächste Mal alleine reist.

Habe ich das verdient, die Ablehnung und das Misstrauen? Klar, ich wusste, dass nichts mehr so wie früher sein würde, aber dennoch hatte es mich überrascht und tat auch ein wenig weh.

Lass dich nicht verunsichern, bleib stark oder gehe unter.

Bis bald

Deine Ida

06.12.

Hallo Tagebuch,

heute hatte ich einen wichtigen Termin. Miri organisierte mir eine Wohnungsbesichtigung. Die Wohnung war sehr zentral gelegen, hatte zwei Zimmer und ist bezahlbar. Da es ansonsten mit Wohnraum knapp war, schlug ich zu und unterschrieb den Mietvertrag.

Ab Januar kann ich dort wohnen, bis dahin werde ich bei Miri übernachten.
  Tschüss
  Deine Ida

09.12.

Hallo Tagebuch,

Ich telefonierte mit Zwitschernder Sperling. Wohl gibt es etwa zehn Portale unterschiedlicher Größe, überall auf der Welt. Wir nahmen uns vor, die Portale von den Anderswelten aus zu zerstören, so sind wir schneller und es ist einfacher. Er sagte, dass die Geister automatisch wieder in ihre Welt verschwinden würden, sobald die Portale zerstört sind. Morgen bin ich bei meiner Oberhexe eingeladen, Doloris und Flo kommen auch. Darauf freue ich mich sehr.

Deine Ida

10.12.

Hallo Tagebuch,

wie gestern schon angekündigt, war ich bei Gundula.
Diese alte Hexe gehört eingeäschert.
Doloris und Flo waren bereits dort und alle begrüßten mich überschwänglich. Wir aßen, wie es sich für echte Hexen gehört, ein kleines braungebranntes Kind. Es war sehr knusprig. Wir erzählten uns gegenseitig unsere Erlebnisse. Flo hatte große Fortschritte bei seiner Hexenausbildung gemacht und ich erfuhr, dass Cernunnos sich mittlerweile der geweihige Gott nannte. Ich muss sagen, an sich trägt er ja auch ein Geweih. Die magischen Bücher von Baba überführten wir in unsere Zirkel-Bibliothek, welche wir nun neu in Gundulas Keller einrichteten.
So viel Wissen in den Händen solcher minderbemittelten Hexen.
Es macht unheimlich viel Spaß, wieder bei meiner Familie, ja der Zirkel ist Familie, zu sein. Wir lachten sehr viel.
Ich erklärte ihnen, dass ich merkte, dass irgendetwas mit mir nicht stimmt.
Mit dir ist alles in Ordnung.
»Ich spüre eine tiefe Dunkelheit in mir. Vielleicht hat es damit zu tun, dass ich mich an alles erinnere, was Videns erlebt hatte. Sogar an ihre Gefühle erinnere ich mich. Manchmal ertappe ich mich sogar bei fiesen Gedanken. Hat mich dieser Dämon korrumpiert?«
»Das kann ich dir noch nicht sagen,« meinte Gundula und ergriff meine Hände.

Ich fühlte, wie Energie durch uns zirkulierte, mein Körper kribbelte. Ohne mich loszulassen oder ihre Augen zu öffnen sprach sie schwer atmend: »Du bist innerlich zerrissen. Zwei Entitäten. Sie will, dass du nachgibst. Du… du musst kämpfen.«

Mit einem Ruck ließ sie los und kippte nach hinten. Flo konnte sie gerade noch auffangen.

Sie sah mich so ernst an wie noch nie zuvor.

»Du musst dich ihr stellen, Ida, oder sie wird weiter deine Gedanken vergiften und du verlierst. Aber keine Angst, ich kenne ein mächtiges Ritual. Dieses sollten wir ausprobieren. Es braucht allerdings einiges an Vorbereitungszeit.« Ich willigte ohne zu zögern ein.

Ich muss das erstmal alles verdauen. Eigentlich habe ich genug von irgendwelchen Wesen, die in meinem Kopf rumspuken.

Deine Ida

11.12.

Hallo Tagebuch,

noch nicht ganz vom gestrigen Schock erholt, ging ich zu den Waldelfen.

Elendes Pack. Flattern mit ihren kleinen Flügeln nervig überall herum und stecken ihre Nasen in Dinge die sie nichts angehen.

Ich schüttelte meinen Kopf, um diese Gedanken loszuwerden.

Klappt nicht, dummes Ding.

Elfi begrüßte mich ganz überschwänglich.

Hallo Ida. ich habe dich vermisst. Hier, habe ich für dich gepflückt.« Sie reichte mir eine kleine weiße Blume.

»Wow, danke, das ist aber lieb. Wo hast du die denn her? Es ist doch tiefster Winter.« Sie grinste kokett. »Eine Elfe verrät nie ihre Geheimnisse.«

»Kannst du mich zu Gandolar bringen?«

»Klar, folge mir.«

Ich war leicht überrascht, als ich sah, dass Gandolars Bart schon wieder um das doppelte gewachsen war. Er flog zu mir. »Ah Ida. Gut, dass du kommst. Ich brauche dringend deine Hilfe.«

Damit hatte ich nicht gerechnet. »Klar, wie kann ich helfen?«

Er ging fort, kam aber kurze Zeit später mit zwei Farbeimern zurück. In einem war gelbe Farbe, in dem anderen grüne Farbe. »Welche Farbe?«, fragte er.

Ich war unsicher. »Für was?«

Elfi flog dicht an mich heran und flüsterte in mein Ohr: »Er will sich den Bart färben, aber niemand darf darüber sprechen. Ist so ein Elfer-Traditions-Ding und eine Außenstehende muss die Farbe wählen.«

Ich nickte und erwiderte seinen hoffnungsvollen Blick. »Grün.«.

Schnell verschwand er, nur um ohne Farbeimer wieder zurück zu kommen.

»Gandolar«, meldete ich mich, »ich habe ein paar Infos, die euch interessieren könnten.«

Es sah aus, als würden seine Ohren tatsächlich spitzer werden, als sie ohnehin schon waren. Ich erzählte ihm von unserer letzten Trancereise und was Brutus über die Portale herausgefunden hatte. Während meiner Berichterstattung knabberte er an seinem Bart, als bestünde dieser aus Kartoffelchips.

Elfi fragte als erste. »Wann brechen wir auf?«

»Wir? Das machen Zwitschernder Sperling und ich.«

»Pustekuchen. Ich komme mit, schließlich habe ich schon öfters Trancereisen unternommen und ich habe den schwarzen Gürtel in Waldelfen-Haudrauf.«

Gandolar pflichtete ihr bei. »Sie ist unsere stärkste Haudrauferin.«

»Haudrauferin? Habe ich noch nie gehört.« Er erklärte es mir: »Waldelfen-Haudrauf ist eine Zauberkampfsportart der Extraklasse. Nicht einmal ich könnte Elfi besiegen.«

»Ich weiß nur nicht, ob wir dieses Haudrauf brauchen.«

Gandolar hob seinen Finger, er erinnerte mich stark an meine Oberhexe. »Keine Widerrede. Elfi kommt mit.«

Den gesamten Heimweg musste ich schmunzeln. Waldelfen-Haudrauf.

Lächerlich.

Ich trank einen Kakao und jetzt gehe ich
schlafen. Morgen wird ein langer Tag.
Bis bald Tagebuch
Deine Ida

12.12.

Hallo Tagebuch,

Elfi und ich trafen uns mit Zwitschernder Sperling in seinem Tempel. Er wartete dort wohl schon eine ganze Weile, da seine Teekanne fast leer war. Mir fiel auf, dass er seine Haare gewaschen hatte und allgemein wirkte er gepflegter und irgendwie erleichterter, ja fast schon unbeschwert. Er bot uns einen Tee an und ich sprach als erste. »Es tut mir leid, was alles passiert war. Ich wünschte, es wäre anders gekommen.«

»Lass den Kopf nicht hängen, es war für uns alle nicht einfach. Natürlich weiß ich, dass du dafür nicht verantwortlich warst. Aber du bist verantwortlich für das, was folgt.«

Ob er von dieser anderen Entität wusste? Vielleicht spürte er sie.

Soll er doch. Wir werden ihn vernichten.

»Nein!«

»Was nein?« fragte er irritiert.

Ich schüttelte den Kopf und winkte ab.

»Nichts, nichts.«

Er hob meinen Kopf vorsichtig hoch, um in meine Augen zu schauen. »Du kannst mir alles sagen.«

»Ich weiß, es ist wirklich nichts«, log ich.

Der muss ja auch nicht alles wissen.

Elfi schien wohl zu merken, wie unangenehm die Situation gerade für mich war, denn sie flatterte geschwind zwischen uns hin und her. »Sollten wir jetzt nicht langsam los? Diese Portale schließen sich nicht von allein.« Sie gab mir Gandolars Elfenstaub und wir schlossen unsere Augen. Zwitschernder Sperling sang ein seltsam klingendes Lied. Ob er wieder Drogen in seinem Tee hatte?

Ich tauchte in tiefe Trance.

Angekommen in den Anderswelten, bot sich mir ein ungewohnter Anblick. Ich sah ein riesiges Portal vor uns, ich musste mich anstrengen, um nicht durch dessen Sogwirkung angezogen zu werden.

»Hast du den Staub?«, fragte Zwitschernder Sperling.

Ich hielt meine Faust hoch. »Ja, hier.« Ich machte mich bereit und pustete den Staub in Richtung des Portals. Nach einigen Sekunden wurde das Portal immer kleiner und verschwand schließlich.

»Das war ja einfach.«, sagte Elfi. Sie erhob ihre Stimme und wirkte aufgeregt. »Auf zum nächsten.«

»Sperli, Sperli«, hörte ich Brutus aus der Ferne rufen. Er kam so schnell angeflogen wie ein angesengter Kolibri.

Elfi versperrte ihm den Weg und ging in
so was ähnliches wie eine Kampfposition.

»Halt! Wer bist du?«

»Brutus, Sperlis Krafttier und wer bist du, kleines Glühwürmchen?«

Sie lief rot an wie eine Kirsche und schrie Brutus an: »Glühwürmchen? Sowas lasse ich mir nicht gefallen, schon gar nicht von einem fliegenden Stinktier-Geist. Ich bin Elfi, dein schlimmster Albtraum. Nimm das, du Ungetüm.« Sie schnellte nach vorne, aber Brutus wich gekonnt aus und streckte ihr die Zunge raus. Sie wurde röter und griff erneut an. Er wiederholte seine Scharade.

Zwitschernder Sperling und ich hatten genug zugesehen und schritten ein. »Halt, ihr zwei.« Wir stellten uns zwischen die beiden. Brutus fing an: »Sperli, Sperli, das Schmetterlingsmädchen hat mich angegriffen.«

Elfi schielte böse zu ihm rüber und sah dann mich an. »Nachdem diese Flügelratte mich beleidigt hat. Ich wollte doch nur wissen, wer er ist und was er von uns will.«

Ich erklärte ihr, dass Brutus ein Eichhörnchen und ein Freund war.

Genauso wie Zwitschernder Sperling Brutus erklärte, dass Elfi eine befreundete Waldelfe war. Ich hörte, wie Brutus laut protestierte.

»Muss die dabei sein? Waldelfen hassen Geister und wenn die zur bösen Hexe gehört, ist die sowieso mit Vorsicht zu genießen.«

Elfi schrie ihn an. »Ida ist keine böse Hexe, sie ist der netteste Mensch, dem ich je begegnet bin und natürlich hat es seine Gründe, warum wir nicht gut auf Poltergeister zu sprechen sind.«

Sein Fell richtete sich auf. »Poltergeist? Ich bewerfe dich gleich mit einer Walnuss.«

Elfi schaute zu mir. »Siehst du wie gewalttätig der ist?«

»Genug jetzt!«, sprachen Zwitschernder Sperling und ich, mit einer Stimme. Bestimmt fügte er hinzu, »wir sind nicht hier, um zu streiten. Ihr müsst euch nicht mögen, aber geht euch wenigstens nicht an die Gurgel. Ist das klar?«

Brutus nahm die Nuss, die er auf Elfi werfen wollte und knabberte daran. »Ja Sperli.«

Ich sah streng zu Elfi und auch sie knickte ein. »Jawohl, wie ihr meint.«

Ich muss sagen, Tagebuch, es war zwar irgendwie putzig, die beiden streiten zu sehen, aber das konnten wir nun wirklich nicht gebrauchen.

Also gingen wir weiter. Ich bemerkte, dass die beiden sich immer wieder böse Blicke zuwarfen, aber wenigstens passierte nicht mehr.

Das zweite Portal war etwas kleiner und wir verfuhren genauso wie bei dem Ersten.

Wir waren ziemlich lange unterwegs und nach dem vierten Portal hatten wir weder Konzentration noch Waldelfenstaub. Wir beschlossen, ein anderes Mal weiter zu machen und wir erwachten aus der Trance.

Elfi übernachtet heute Abend bei mir und morgen früh fliegen wir gemeinsam zu den anderen Waldelfen.

Gute Nacht Tagebuch
Deine Ida

13.12.

Hallo Tagebuch,

gleich früh flogen Elfi und ich gemeinsam zu den Waldelfen.
Kaum angekommen, erzählte sie gleich los. »Wir waren in tiefer Trance. Da kam ein riesiger Flatterdachs und griff uns an.
Aber wie gut, dass ich eine Meisterin im Waldelfen-Haudrauf
bin und dieses Monster windelweich geprügelt. Das hättet ihr
sehen müssen. Ich war großartig.« Grinsend beobachtete ich,
wie Elfi eifrig ihre erfundene Geschichte unter die kleinen
Elfen brachte. Gandolar kam auf mich zu. »Gut, dass ihr Elfi
dabei hattet, mit diesen Flatterdachsen ist nicht zu spaßen.«
Ich beachtete seine Aussage nicht und kam direkt auf den
Punkt. »Wir haben keinen Staub mehr und brauchen neuen.
Vier Portale konnten wir schon schließen.«
Er nickte zufrieden. »Sehr gut, bald ist diese Welt wieder
frei von Geistern. Hier hast du noch mehr Staub.« Er reichte
mir ein kleines Säcklein.
Ich war neugierig. »Gandolar, warum habt ihr solche Angst
vor Geistern oder Wesen der Anderswelten?«
Er flog hoch und setzte sich auf meine Schulter. »Sie sind böse.
Allesamt. Einst vor vielen Jahrhunderten, als die Welt noch
jünger war, geschah etwas ähnliches. Der Schleier zwischen
den Welten riss ein und alle Arten von Geistern schwärmten
zu uns. Sie spukten herum, quälten uns mit Alpträumen, nur
weil es ihnen Spaß machte. Aber ein mutiger Mensch namens
Karl schloss die Flicken, mit Hilfe unserer Waldelfenzauberei.
Letztendlich kostete es ihn leider sein Leben, aber er wird für
immer als Held in unseren Erinnerungen weiterleben.«
*Diese armen Teufel, halten die Geister für böse. Dabei haben
sie uns noch nicht richtig kennengelernt. Das wird ein Spaß.*

»Was soll das heißen?«, fragte ich.

Gandolar antwortete mir: »Ähm, naja. Einfach, dass wir uns an ihn erinnern.«

Ich winkte ab. »Dich meine ich nicht.« Ohne ihn weiter zu beachten, ging ich fort. Ich lief, obwohl ich den Besen in der Hand hielt.

»Antworte, was soll das heißen?«

Sieh doch mal in deine freie Hand.

Das tat ich und fand eine Energiekugel darin. Ich blickte tiefer hinein und erkannte Bilder. Bilder von brennenden Bäumen und Sträuchern, von schreiend wegrennenden Waldelfen und von einer Kapuzengestalt mit orangenen Augen. Zorn keimte in mir auf und ich ballte meine Hand zur Faust. Ich spie mich selbst an: »Was habe ich da gesehen? Wer ist diese Kapuzengestalt?«

Das weißt du. Du bist das, genauer gesagt wir!

Ich musste meine gesamte Konzentration dazu verwenden, um ruhig zu bleiben und schüttelte nur den Kopf. »Nein, sowas mache ich nicht. Ich bin nicht diese Person.« *Nein, bist du nicht, aber ich. Erinnerst du dich noch an unsere Zeit in den Anderswelten? Diese Macht. Wir waren stärker als Götter. Wir haben geherrscht.*

»Natürlich erinnere ich mich daran, aber ich will das nicht. Du bist nur eine Einbildung, die mir von Perdurabo in den Kopf gesetzt wurde.«

Nicht ganz, ich bin der bessere Teil von dir. Der starke Teil. Wir sind Videns.

»Nein«, schrie ich. »Verschwinde. Lass mich in Ruhe!«

Stille

Ich hörte den ganzen restlichen Tag nichts mehr von dieser Stimme und ich dachte viel nach. Nur manchmal weiß ich nicht, ob es meine Gedanken sind oder diese Stimme oder ob beides identisch ist. Schließlich klingt sie genauso wie ich. Es ist ähnlich, wie damals mit Perdurabo, nur dass ich damals wusste, dass er ein Dämon war. Was ist sie? Ich hoffe auf jeden Fall, dass ich sie erstmal vertrieben habe.

Selbst falls nicht, ist es wichtig, mich erstmal auf die Portale zu konzentrieren.

Miri brachte mir noch einen Kakao, wahrscheinlich merkte sie, dass ich aufgewühlt war.

Gute Nacht

Deine Ida

14.12

Hallo Tagebuch,

Ich schlief die Nacht erstaunlich ruhig. Dennoch fühlte ich mich nicht erholt und blieb im Bett. Ich gab Zwitschernder Sperling Bescheid, dass ich mich nicht wohl fühlte und verschob unsere Unternehmung.

Miri kam immer wieder vorbei und erkundigte sich nach mir. »Wie geht es dir, Liebes? Kann ich dir irgendetwas bringen?«

Ich verneinte stets. Sie ist so eine nette Person und ich habe das Gefühl, dass sie immer weiß was richtig ist. Dennoch glaube ich, dass ich sie nicht damit behelligen sollte.

Ein Klopfen ließ mich aufschrecken. Ich stand auf und als ich das Fenster öffnete, flog Elfi herein. Sie reichte mir eine Schokoladentafel, die etwa so groß war wie der Nagel meines kleinen Fingers. »Eine größere hatte ich leider nicht.«

Das war eine sehr süße Geste, wie ich fand.

»Sie ist perfekt, vielen Dank.«

»Ich hörte, dir gehts nicht so gut und wollte nach dir sehen.« Das war sehr lieb von ihr, ich erzählte ihr, wie ich mich gerade fühlte und sie hörte sehr aufmerksam zu. Nach einer Weile flog sie wieder davon.

Das tat mir gut.

Die Tage werde ich versuchen, in den Kraftstrom zu reisen, vielleicht hilft mir das, Energie zu tanken.

Ich versuche jetzt noch etwas zu schlafen.

Deine Ida

15.12.

Hallo Tagebuch,

heute war wieder Stammtisch. Das Lokal «Zur legenden Henne» war wie immer unser Treffpunkt. Obwohl ich mich noch etwas schwach fühlte, ging ich hin, denn es war mein erster Stammtisch seit langer Zeit und ich wollte ihn auf keinen Fall verpassen. Ich war sehr aufgeregt.

Alle waren da, außer Bernd. Ich frage mich was mit ihm war, er verpasste sonst nie einen Stammtisch.

Wir aßen, tranken und lachten. Ich genoss diese Vertrautheit sehr.

Nachdem der Kellner unsere Teller abräumte, klopfte ich mit einer Gabel gegen mein Glas und stand auf. »Hallo Freunde. Schön, dass ihr da seid. Durch euch und damit meine ich nicht nur den besten Hexenzirkel der Welt, sondern alle hier am Tisch, und dem was ihr für mich getan habt, weiß ich, was Freundschaft ist. Ihr wart immer für mich da, selbst in meiner dunkelsten Stunde und ihr habt mich niemals aufgegeben. Ihr seid meine Familie.«

Ich hob mein Glas, sah alle nacheinander, aber besonders Zwitschernder Sperling, an.

»Auf euch.«

Wir hatten noch einen sehr schönen Abend. Das wars für heute

Bis bald

Deine Ida

16.12.

Hallo Tagebuch,

tatsächlich versuchte ich heute in den Kraftstrom, eine eigene zu unserem Hexenzirkel gehörende Welt, zu kommen.

Ich schloss wie üblich meine Augen, atmete mehrmals tief und rief mir unsere drei magischen Worte ins Gedächtnis. Ich stellte sie mir vor, imaginierte sie und war erleichtert, dass sich die Luft veränderte. Alles wirkte wieder so vertraut. Diese warme, leicht feuchte Luft. Die sanfte Brise, die verschiedenste Düfte in meine Nase blies. Die Berge im Hintergrund, sowie die Pflanzen und Tiere dieses Ortes, ließen mich wieder an die Schönheit der Natur glauben. Ich lächelte, als ich Ratatösk, so vertraut, die Weltenesche hoch und runter klettern sah. Ich ging in die Knie und beobachtete mein Spiegelbild im Wasser des Sees. Es wirkte so unschuldig, so friedlich. Dann spürte ich die vertrauten Präsenzen meiner Mithexen. Gundula, Doloris und sogar Florian waren da und wie schon viele Male zuvor, verbanden sich unsere Gedanken und Gefühle mit denen dieses wundervollen Ortes. Energie durchflutete mich, ich merkte, wie vital ich wurde.

Dann kam sie.

Ich hatte sie so lange nicht mehr gesehen und doch hatte ich sofort eine Verbindung zu Hel. Sie wusste genau was in mir vorging, so wie mein Zirkel auch. Doch hatte das hier keine Bedeutung. Es zählten nur das Hier und Jetzt.

Nach einiger Zeit erwachte ich aus meiner Trance.

Es war so schön und stärkend. Ich fühlte mich, auch wenn's abgedroschen klingt, wie neu geboren.

Ich denke, das reicht erstmal für heute.

Deine Ida

17.12.

Hallo Tagebuch,

wieder fit, traf ich mich erneut mit Zwitschernder Sperling und Elfi. Wir reisten, durch Trance, in die Anderswelten.

Brutus begrüßte Zwitschernder Sperling sofort und sah Elfi böse und mich misstrauisch an. Ich hatte mindestens genug Elfenstaub dabei für vier Portale. Nach einiger Zeit des Suchens fanden wir auch schon das erste Portal. Es war etwa handflächengroß. Danach führte uns Brutus zu einer großen Wiese, auf welcher Pegahörner grasten.

»Sperli, Sperli, die nächsten drei Portale sind schwer zu erreichen, selbst wenn man Flügel hat. Aber Pegahörner kommen überall hin. Wir reiten.«

Wir erklärten uns einverstanden. Als ich der Herde näherkam, wurden ihre IiAaa-Rufe immer lauter. Sie wurden unruhig und bewegten ihre langen Ohren wild hin und her.

Brutus flog zu mir und sprach mich zum ersten Mal heute direkt an: »Sie erinnern sich noch ganz genau an ihre Gehirnwäsche, die du ihnen verpasst hattest.«

Zwitschernder Sperling wollte etwas erwidern, doch ich unterbrach ihn mit einer Handbewegung. »Brutus hat recht. Ich habe hier viel Unheil angerichtet und das tut mir sehr leid. Ich wünschte, ich könnte das alles rückgängig machen.« Ich setzte mich und reichte Zwitschernder Sperling das Säckchen mit dem Staub. »Hier, ich kann nicht von den Pegahörnern erwarten, dass sie mir helfen.«

Brutus schien das zu glauben, setzte sich vor mich und hielt mir eine Erdnuss hin. »Möchtest du eine Nuss?«

Ich nahm sie dankbar an. Ein Pegahorn kam auf mich zu

und stupste mich an, es war, als könnte es meine Trauer und Reue spüren. Ich streichelte es sanft.

»IA. IA.«

Elfi flog um uns herum. »Es mag dich.« Zwitschernder Sperling gab mir das Säckchen zurück. »Wie es aussieht, kommst du doch mit.«

Also flogen wir auf den Pegahörnern. Brutus und Zwitschernder Sperling auf einem und Elfi und ich auf einem anderen. Es ging sehr hoch und sehr schnell, in vielen ZickzackKurven. Irgendwann gelangten wir auf eine Bergspitze. Es war im wahrsten Sinne eine Spitze, gerade groß genug, dass Elfi auf einem Bein darauf hätte stehen können. Die Pegahörner flogen also im Stehen. Ich sah, dass das Portal direkt über der Spitze des Berges schwebte. Unser Pegahorn flog etwas näher und ich schloss das Portal, wie üblich. Dann flogen wir zu den nächsten zwei Portalen, die ebenfalls so auf Bergspitzen schwebten und wiederholten den Vorgang.

Die freundlichen Pegahörner brachten uns wieder zu der Wiese, auf der ihre Artgenossen warteten. Als wir abstiegen, flog die Herde fort. Ich sah ihnen noch nach, bis sie hinter dem Horizont verschwanden.

Brutus flog auf meine Schulter. »Danke, dass du uns hilfst und entschuldige bitte mein anfängliches Misstrauen.«

Er reichte mir eine Pistazie, doch Elfi drängelte sich dazwischen. »Ida braucht keine doofe Nuss und schon gar keinen Schoßiltis. Schließlich hat sie mich.« Sie flog dabei ein paar Zentimeter nach oben und streute mit ihren Flügeln Glitzerstaub.

Brutus gefiel das gar nicht und er streckte ihr die Zunge raus. »Wer will dich schon, mit deinem niesreizverursachenden Glitzerdreck. Außerdem habe ich Sperli und der ist sowieso am allerbesten.«

Sie drückte ihren Zeigefinger stark gegen Brutus Nase. »Wie kannst du es wagen, fliegendes Fellknäuel. Ida ist am allerbesten und am nettesten und ich lass nicht zu, dass so ein Fellgeist ihr zu nahe kommt.«

Sie wich sehr schnell aus, als Brutus versuchte sie zu beißen.

»Nimm das zurück, billige Schmetterlingskopie.«

»Schmetterlingskopie?« Sie stemmte ihre Arme in die Hüften.

Brutus drehte sich zu Zwitschernder Sperling um. »Mit mystischen Wesen gibt es immer Reibereien.«

»Oh, nimm das zurück«, schrie Elfi.

»Sonst was?«

»Sonst werde ich dich mit meinem Waldelfen-Haudrauf vermöbeln.«

»Versuchs doch, Winzling.«

Elfi ging in Angriffsposition und flog auf ihren Kontrahenten zu. »Heija.«

Ich hielt sie fest. »Es reicht jetzt ihr zwei. Genug gekabbelt.«

»Gekabbelt?«, riefen beide gleichzeitig. Dennoch zogen sie sich zurück.

Ich sah an Zwitschernder Sperlings Blick, dass er diese Situation genauso niedlich fand wie ich.

Wir verabschiedeten uns von Brutus und glitten aus der Trance.

Das solls erstmal gewesen sein für heute.

Deine Ida.

18.12.

Hallo Tagebuch,

unterwegs zu den Waldelfen, um neuen Staub zu holen, fiel ich vom Besen herunter und schlug hart auf. Ich wusste gar nicht so recht was passiert war, da fühlte ich mich irgendwie zerrissen. Ich sah auf meine Hände, diese schienen doppelt da zu sein. Ich hatte ja nicht plötzlich zwei neue Hände. In die Knie gegangen, hielt ich mich fest, aus Angst, einen Teil von mir zu verlieren. Mir war schwindlig, ich sah doppelt und hörte mich mit zwei Stimmen sprechen. Beide ähnlich, doch nicht gleich. Nach einer gefühlten Ewigkeit fing ich mich wieder und alles wirkte wieder normal.

»Was war das?«

Du. Ich. Wir. Suchs dir aus.

»Ich dachte ich wäre dich los.«

So einfach geht das nicht. Ich bin schließlich der stärkste Teil von dir. Aber es scheint, dass dein Geist zu schwächlich für mich ist. Hätte ich mir auch gleich denken können.

»Du hast doch keine Ahnung. Lass mich in Ruhe.« Nichts.

Ich war sie wieder los und diesmal hoffentlich für immer.

Da ich aber noch leicht benommen war, ging ich den Rest des Weges zu Fuß.

Es war beschwerlich durch den hohen Schnee zu stapfen, aber zu fliegen traute ich mich nicht.

Ich sank bis zur Hüfte ein. Mich zu befreien, schaffte ich nicht. Jede Bewegung ließ mich nur noch tiefer sinken. Bis zur Brust steckte ich nun, im wahrsten Sinne, in der Patsche. Ich rief laut: »Hilfe! Hilfe!«

Dich hört hier niemand weit und breit. Nun steckst du hier und bist ganz alleine. Armes Ding. Lass mich dir etwas Mitleid schenken. Hahahaha.

»Spotte nur, Miststück. Irgendjemand wird schon kommen.«

Miststück? Ich? Ich bin die Einzige die dir helfen kann.

»Sicher nicht. Wie könntest du schon helfen?«

Nananana, unterschätz die gute Videns nicht. Schließlich bin ich eine mächtige Hexe. Du musst nur die Zügel etwas lockerlassen, wenn du verstehst was ich meine.

Ich verharrte einen Moment in Reglosigkeit.

Ich traute mich nicht zu denken, da ich nicht wusste, ob sie meine Gedanken lesen oder gar steuern konnte.

Ich spüre dein Unbehagen. Lass mich einfach für dich denken: Videns ist meine Freundin und wird mir helfen. Dafür gebe ich ihr die Kontrolle über meinen Körper gerne ab.

»Niemals!«

Ich sammelte Energie in meinen noch freien Händen und erwärmte so den Schnee um mich herum, dieser begann zu schmelzen und einen Teil meines Körpers sowie den Besen freizugeben. Der Besen glitt mir in die Hand und flog. Er flog so stark, dass er mich aus dem Schlick zog.

Ich muss dringend etwas gegen Videns unternehmen. Ich spüre, so wie damals bei Perdurabo, dass sie langsam stärker wird. Doch diesmal ist es anders. Sie ist ich.

Ich traf unbeschadet bei den Waldelfen ein und wurde überschwänglich begrüßt. Gandolar reichte mir sogleich ein kleines Säckchen. »Hier, noch einmal etwas von meinem Elfenstaub. Ihr habt ja nur noch zwei Portale zu schließen. Bin ich froh, dass dann alles vorbei ist und keine Geister mehr rumspuken.«

»Ich danke dir. Die zwei kriegen wir auch noch.« Ich blieb noch eine Weile bei ihnen.

Als ich spät abends bei Miri ankam, schien sie auf mich gewartet zu haben. »Liebes, du bist aber noch spät unterwegs.«

Ich verbeugte mich. »Entschuldige bitte. Bist du extra wegen mir aufgeblieben?«

Sie winkte ab und legte den Kopf schief.

»Weißt du, Liebes. Ich spüre viele Dinge und ich kann mir vorstellen, was in dir vorgeht.« Wir umarmten uns. Sie ist so eine treue und freundliche Seele. »Das glaube ich dir, aber ich muss zuerst diese Portale schließen, ehe ich mich mir stellen kann. Das hat oberste Priorität.«

Sie schickte mich nach oben: »Geh jetzt schlafen, du wirst alle Kraft brauchen.«

Das tat ich dann auch. Bis bald
Deine Ida

19.12.

Hallo Tagebuch,

da ich mit Zwitschernder Sperling erst für morgen verabredet war, besuchte ich heute das Grab meiner Eltern. Ich hatte mir extra schöne Blumen gekauft, die ich dann auf das Beet legte.

Beim Gehen staunte ich nicht schlecht, als ich meine böse Stiefmutter, die alte Schreckschraube, wieder sah. Bisher hatte ich sie nicht vermisst. Doch nun kam diese alte Wachtel direkt auf mich zu. »Kind. Sieh dich an. Du bist ja noch gottloser als zuvor. Lass mich dich zum Pfarrer bringen.«

Bring sie um.

»Nein!«, rief ich.

Doch, tu es, sie hat es verdient.

Ich stampfte auf. »Sie ist zwar störrisch und in ihrem Glauben gefangen, aber verdient hat sie das nicht.«

Ich erkannte, wie entsetzt sie mich anblickte.

»Komm mit mir Kind, der Pfarrer holt einen Exorzisten. Der kann dir helfen und danach führen wir dich auf den Weg zu Gott.«

»Nein danke, da war ich schon. Ist ja wie beim Weihnachtsmann.« Dann ließ ich sie einfach stehen.

Als ich ging, sah ich nur, wie sie sich mehrmals bekreuzigte und ängstlich bittend in den Himmel sah.

Mir reichts für heute.

Deine Ida

20.12.

Hallo Tagebuch,

wieder trafen Elfi und ich Zwitschernder Sperling, um nun hoffentlich fürs letzte Mal in die Anderswelten zu reisen und die letzten beiden Portale zu schließen.

Wie alle Male zuvor kam Brutus angeflogen. Er schubste Elfi im Vorbeiflug um, bevor er sich auf Zwitschernder Sperlings Schulter setzte. »Sperli, Sperli, seid ihr bereit?«

»Das war gerade nicht nett, Brutus. Sowas möchte ich nicht nochmal sehen. Wir sind bereit.«

Elfi kam näher zu mir und flüsterte direkt in mein Ohr: »Muss diese Flederratte mitkommen?«

Ich nickte still.

Brutus führte uns einen weiten Weg, dies nutzte Elfi aus, um sich über ihn aufzuregen.

»Warum müssen wir so weit weg? Er hätte uns doch auch an unserem Ziel treffen können. Das ist reine Schikane.«

Brutus antwortete prompt: »Wir gehen so einen Weg, weil es nicht sicher ist, wo genau die Portale sind, so finden wir sie auf jeden Fall. Das hättest du Schmetterlingsverschnitt ruhig fragen können.«

Sie pustete ihre Wangen auf, nur um die Luft wieder herauspusten zu können, ich vermutete, dass dies so eine Art Stressabbau war.

Die zwei Portale waren versetzt hintereinander. Sie waren so groß, dass sie eine extrem starke Sogwirkung hatten. Wir mussten Brutus und Elfi festhalten, damit sie nicht angesaugt wurden. Selbst uns fiel es schwer am Boden zu bleiben. Ich holte den Staub heraus, doch bevor ich ihn pusten konnte, wurde er bereits angesaugt. Da der Waldelfenstaub aber nicht von meinem Atem getragen wurde, hatte er eine ganz andere Wirkung. Sobald der Staub das Portal traf, vergrößerte es sich und kam somit näher an das hintere heran. Ich versuchte es noch ein paar Mal doch es war immer wieder das Gleiche. Zwitschernder Sperling hielt meine Hand fest, als ich es noch einmal versuchen wollte. »Das bringt nichts, Ida. Sieh, die Portale kommen dadurch nur näher zusammen und ich weiß nicht ob das so gut wäre.«

»Was sollen wir dann tun?«, fragte ich.

Elfi kam heran, nahm den Sack und hielt ihn hoch. »Ich halte es mit meiner Zauberei fest und du pustest den Staub hinein.«

»Du hast Sperli doch gehört. Wir sollten es lassen.« Brutus griff nach dem Säckchen und wollte es aus Elfis Händen reißen.

Sie ließ aber nicht los und so rangelten beide um den Waldelfenstaub.

»Lass los, du Riesenkröte.«

»Lass du los, Barbiepüppchen.«

Beide rupften und zogen stärker, wodurch das Säckchen riss und der ganze Waldelfenstaub in das Portal gesogen wurde.

Wir konnten nur noch zusehen, wie sich das Portal immer mehr vergrößerte. Als es schließlich das andere kleinere Portal berührte, nahm es dies in sich auf und wuchs noch mehr. Nun bebte die Erde und ganze Erdplatten wurden aus dem Boden gerissen und angesaugt, wir konnten uns nicht mehr halten.

Zwitschernder Sperling rief Brutus zu: »Flieg weg soweit du kannst.«

Dann rissen wir drei uns aus der Trance.

Ich weiß noch, wie sich alles drehte, als ich erwachte. Nach etwa zehn Minuten konnte ich wieder klar denken. »Was machen wir jetzt?«

Zwitschernder Sperling antwortete, etwas lallend: »Herausfinden wie schlimm die Anziehung dieses Superportals ist und wie wir es schließen.«

»Elfi, wir müssen zurück zu Gandolar und ihn fragen, ob er eine Idee hat.«

Elfi stand zusammengekauert von mir weggedreht in einer Ecke.

»Elfi? Geht es dir gut?«

Ich hörte sie schluchzen. »Ich bin schuld, dass das Portal so groß geworden ist.«

Ich nahm sie in die Hand und streichelte sie vorsichtig am Kopf. »Mach dir nichts daraus, wir haben alle schon Fehler gemacht. Das weiß ich besser als jeder andere. Wir kriegen das schon wieder hin.«

»Genau«, pflichtete mir mein schamanischer Freund bei.

Sie wurde wieder etwas heiterer. »Ja, eigentlich ist ja dieser Plagegeist schuld.«

»So war das nicht gemeint«, rief ich.

Zwitschernder Sperling blieb da, um zu reisen und nachzuschauen, ob es Brutus gut geht und wie die Lage in den Anderswelten ist.

Elfi und ich flogen so schnell wie möglich zu den Waldelfen, um abzuklären, was wir als nächstes tun könnten.

Angekommen, erzählten wir Gandolar und den anderen Waldelfen was passiert war. Sie flogen alle panisch hin und her, nur Gandolar zog sich gelassen zurück, um, wie er meinte, neuen Waldelfenstaub herzustellen. Indes rief mich Zwitschernder Sperling an. »Brutus ist verschwunden. Ich kann ihn nicht finden oder erreichen. Am Portal siehts schlimm aus. Fast alles ist hindurchgesogen worden, selbst der Boden. Ich konnte auch nicht nah ran gehen, sonst hätte es mich auch erwischt.«

Ich ließ Besorgnis in meine Stimme fließen.

»Glaubst du, Brutus ist durch das Portal? Weißt du wo es hinführt?«

»Ich habe keine Ahnung, was sagen die Waldelfen?«

»Die sind in Panik, wahrscheinlich haben die sowas Schlimmes noch nicht erlebt. Gandolar, der Chef, stellt mir gerade nochmal Staub her. Sag mal, da fällt mir gerade ein, können wir das Portal nicht auch von dieser Seite aus schließen?«

»Das wäre eine gute Frage für die Waldelfen. Ich schau mal, was ich so in Erfahrung bringen kann und melde mich. Frag du die Kleinen.«

»Mache ich.« Als Gandolar zurückkam, stellte ich ihm meine Frage, ob das Portal auch von der anderen Seite zerstört werden kann.

»Ich denke schon. Nein, ich bin sicher, es geht auch von dieser Seite. Das wolltest du doch auch letztens machen, erinnerst du dich?«

Wahrscheinlich ist es einfacher, das Portal von dieser Seite aus zu schließen, wir müssen nur wissen wo es ist.

Bis bald, Tagebuch.
Deine Ida

21.12.

Hallo Tagebuch,

während Zwitschernder Sperling versucht mehr über das Portal herauszufinden, fuhr ich zu meiner Oberhexe, wo auch Lori und Flo warteten. Sie wollen mir helfen, Videns loszuwerden. Wir planten ein klassisches Spiegelritual.

Sobald wir mit dem Ritual fertig sind schreibe ich dir wieder hinein.

26.12.

Hallo Tagebuch,

ich erwachte gerade und muss dir schnell reinschreiben was ich nach meinem letzten Eintrag erlebte:

Ich war ja bei meiner Oberhexe und stellte mich vor den etwa zwei Meter großen Spiegel und blickte hinein. Mein Zirkel stand im Kreis um mich herum und sprach eine magische Formel. Ich kann mich nur nicht mehr an den Text oder den genauen Ablauf erinnern. Ich weiß nur noch, dass ich in eine Art Trance verfiel und mein Geist durch den Spiegel glitt. Es fühlte sich merkwürdig an, als würde ich nackt durch kaltes Öl tauchen. Auf der anderen Seite sah ich sie. Sie sah aus wie ich, hatte orangene Augen und grinste von einem Ohr zum anderen, so dass ich ihre Reißzähne sehen konnte. »Hallo Ida. Wollen wir spielen?«

»So nennst du das? Ich will nur das du endgültig verschwindest.«

»Dumme Kuh. So einfach ist das nicht. Du kannst nicht sagen «verschwinde« und dann bin ich weg. Ich bin du und du bist ich. Du hast meine Erinnerungen.«

»Ok, das sehe ich ein, aber so kann es nicht weiter gehen.«

Wir kamen uns langsam näher.

»Ich will auch nicht ständig in deinem Schatten sein«, zischte sie.

Ihr ganzes Auftreten ängstigte mich. »Was willst du denn?«

Sie lachte so laut und schrill, dass ich meine Ohren zuhalten musste. »Kontrolle!« Eine starke Energiewelle traf mich und ich fiel zu Boden. Nun kam sie schneller auf mich zu, machte sich bereit für einen zweiten Angriff. Ich stand schnell auf und imaginierte Feuer. Videns blieb brennend stehen, schnipste mit den Fingern und stand unversehrt vor mir, als wäre nichts geschehen. »Nicht schlecht, aber du musst dir schon mehr einfallen lassen. Ich zeig dir wie das geht.« Sie schnipste erneut und ich war umschlossen von einem riesigen Feuerball, der sich immer weiter zusammenzog und somit immer näher kam. Es wurde heißer und heißer und durch das laute Knistern der Flammen hörte ich ihr Lachen. Jetzt war das Feuer so nah, dass es anfing, meine Haut zu verbrennen. Ich konzentrierte mich, versuchte die Flammen zu löschen. Ich war nicht stark genug. Es war so heiß, dass selbst mein Schweiß anfing zu brennen. Ich wusste, jetzt gab es nur noch eine Möglichkeit. Ich öffnete mich dem Feuer, sog es in mir auf. Ich akzeptierte den brennenden Schmerz und nahm die Energie. Diese Macht bündelte ich in meinen verbrannten Händen. Ich sah an mir runter. Nun stand ich da, mit meinem verbrannten Körper und der Energie dieses Feuers in den Händen.

Videns sah mich entsetzt an. »Wie kannst du noch existieren? Du dürftest, wie die alte Baba, nur noch ein Häufchen Asche sein.«

Ich spürte, wie meine Energie wuchs, wie mein Zirkel mir Kraft sendete. »Das bin ich nicht allein. Mein ganzer Zirkel ist bei mir.«

»Das ist Quatsch. Du stehst allein.«

Ich wackelte mit meinem verkohlten Zeigefinger. »Ein Hexenzirkel bedeutet Familie und Zusammenhalt. Sie schenken mir ihre Energie, so konnte ich deine Flammen überleben und für mich nutzen. Je mehr wir reden, desto mehr Energie bekomme ich durch sie.« Ich hob meine Hände und schleuderte alle Energie auf meine Kontrahentin. Sie starrte mich fassungslos an, doch konnte sie diesen Angriff nicht abwehren, wankte und fiel zurück. Ich ließ nicht nach und führte meinen Angriff fort.

Sie brannte lichterloh, erhob sich und rannte auf mich zu. »Du gewinnst nicht, dumme Gans.« Sie hielt mich fest und wir brannten beide. Der Schmerz übermannte mich und ich verlor jegliche Kontrolle.

Mein Bewusstsein drehte sich durcheinander.

Es wurde hell und dunkel, klar und trüb, fein und grob. Dann vermischte sich alles.

Ich stand vor zwei Toren. Das eine war dunkel und voller Kraft, ich sah dahinter einen Thron aus Gold und Blut. Das andere Tor war hell, dahinter befand sich nichts als einige Bäume und Blumen. Ich beachtete das Baum-Blumen-Tor nicht.

Das erste Tor zog mich magisch an, ich ging einige Schritte auf es zu. Es wirkte so verführerisch, so einfach, so mächtig. Ich stellte mir vor, auf diesem prächtigen Thron zu sitzen und zu herrschen. Stark von mächtiger Magie, allein. Ich wollte es. Ich berührte das Metall. Es erinnerte mich an den Schnee und das Eis, die mich in den letzten Wochen stets begleitet hatten. Ich drückte es auf, wollte hindurchtreten und alles Gute außerhalb zurücklassen.

Ein lautes Lachen hielt mich ab, weiter zu gehen.

Ich sah flüchtig in dessen Richtung, zum zweiten Tor. Ein Gesang drang durch mein Sein. Gesang der Freude und Eintracht.

Gebannt drehte ich mich und ging in Richtung der Heiterkeit. Ich öffnete das warme hölzerne Tor ganz sacht und erblickte meinen Hexenzirkel, Miri, Zwitschernder Sperling, Elfi, Gandolar, Bernd und die Sockenzwillinge. Sie saßen auf Baumstümpfen, feierten und hatten Spaß. Ich war daheim.

Ich spürte, wie ich die Dunkelheit vor dem Tor zurückließ und sie verschwand.

Und jetzt bin ich hier. Offensichtlich wieder in Miris Gäste-zimmer.

Ich werde mich jetzt noch etwas ausruhen und schreibe morgen wieder in dich rein.

Bis bald
  Deine Ida

27.12.

Hallo Tagebuch,

gut, dass ich keine Christin bin, sonst wäre ich wahrscheinlich durchgedreht, weil ich Weihnachten verpennt hatte.

Ich sprach mit Gundula, sie erzählte mir, dass ich nicht aus meiner Trance erwachte und sie mich wieder zu Miri brachten. Sie hatten wohl einige Erweckungszauber versucht, erfolglos. Scheinbar bin ich von selbst wieder zurückgekommen.

Zwitschernder Sperling berichtete mir, dass das Superportal in unserer Welt nirgends zu finden war, es aber in den Anderswelten unverändert bestand und Brutus war nach wie vor verschollen. Zwitschernder Sperling machte sich riesige Sorgen um sein kleines Eichhörnchen.

Das Portal muss doch irgendwo sein. Momentan scheint für die Anderswelten keine unmittelbare Gefahr zu bestehen, wir werden das Portal schon irgendwann finden.

Ich bin sehr froh, dass ich Videns besiegt habe, zwar erinnere ich mich noch an die Zeiten als ich Videns war, aber die Erinnerungen rücken immer mehr in weite Ferne und ich habe keine bösen Gedanken mehr.

Ich bin allgemein sehr dankbar für alles was passiert ist.

Ich danke dir für deine geduldigen Seiten.
Deine Ida

Demnächst folgt:

Lieber Ernest,

ich hoffe, Alagar erreicht dich sicher und schnell. Du weißt ja, wie unzuverlässig Briefenten manchmal sind.

Ich hoffe es geht dir gut. Wie läuft es auf der Ranch? Wie geht's den Einhörnern? Ich selbst fühle mich schwach, da ich vor einigen Tagen einem Schamanen half, eine gemeinsame Freundin zu retten. An sich ist diese Geschichte zu lang für einen Brief. Dennoch möchte ich dir kurz erzählen, was passiert war. Unsere Freundin, Ida heißt sie, strandete in den Anderswelten und der Schamane versuchte sie zu retten. Da er es mit Hilfe von Hexen nicht hinbekam, wendete er sich voller Verzweiflung an mich, da er weiß, dass ich alles schaffen kann.

Ich spiele nun mal in der Oberliga.

Nun, auch wenn du mir nicht glauben wirst und ich es auch selbst kaum fassen kann, ich habe tatsächlich versagt und das obwohl ich alle Vorbereitungen traf. Vermutlich hat Zwitschernder Sperling, so heißt der Schamane, irgendwelchen Unfug angestellt. Unsere Widersacherin, war eine sehr starke und brutale Hexe. Auf jeden Fall wurde ich von ihr heftig mental attackiert. Normalerweise kann ich kleinen Hexleins gut widerstehen, aber dieses Mal war es anders. Ich konnte mich gerade noch zurückziehen, sonst läge ich jetzt womöglich im Koma. Wie gesagt, ruhe ich mich gerade aus. Hast du Lust auf eine Partie Brief-Schach? Falls dem so ist, fange ich jetzt einfach mal mit weiß an. e4.

Ich freue mich von dir zu lesen.

Hochachtungsvoll Bernd

Hallo lieber Leser,

möchtest du noch mehr Geschichten lesen? **Kostenlose Interviews mit meinen Romanfiguren** gibt es nach der Anmeldung bei meinen wöchentlichen Briefenten-News.

Scan einfach kurz den **Barcode** und melde dich an.

Alternativ gib diesen Link in deinem Browser ein:

https://seu2.cleverreach.com/f/280128- 278761/

Vorgängerband:

ISBN-Print: 9783756817160

ISBN-E-Book: 9783756871353

Auch vom Autor:

ISBN-E-Book: 9783755780151

ISBN-E-Book: 9783756227808

Über den Autor:

Stefan Hagedorn ist Jahrgang 1989 und kommt aus dem schönen Thüringen.

Er las schon immer gern, und hat in sei- ner zweijährigen Elternzeit das Schreiben für sich entdeckt.

Die Ideen für seine Geschichten kommen durch seine Erfahrungen mit verschiedensten Menschen, die er kennengelernt hatte.

Eins hatten ihn diese Erfahrungen gelehrt, was er auch immer in seinen Büchern wiedergibt: Zusammenhalt.

So startete er mit «Diesseits der Magie 1

– Idas Tagebuch» seine schriftstellerische Laufbahn und es werden noch viel mehr Bücher folgen.

Das Stammtisch-Lokal

Was ist eine Wicca?

„Eine Wicca lebt den Tanz der
Götter jedes Jahr und sie reitet als
Hexe auf der Grenze zwischen der
magischen und dieser Welt."
Diesseits der Magie Band 1